Zhang Jie

Liebes-Erzählungen

Simon & Magiera
Nördlingen

Umschlagphoto Zhang Jie von Isolde Ohlbaum

Übersetzungen:

»Liebe ist unvergeßlich«: aus dem Chinesischen
von Claudia Magiera

•

»Smaragd«: aus dem Englischen von Gerd Simon
(nach einer Übersetzung aus dem Original von Gladys Yang)

•

»Mein Boot«: überarbeitete Übersetzung nach
»China im Aufbau« (April 1982)

ISBN 3-88676-030-8

Druck: G. J. Manz AG, Dillingen

Inhalt

Statt eines Vorworts:

Mein Boot

oder:

Was mir die Literatur bedeutet

Der Mensch als geistbegabtes Wesen ist zu Zeiten doch auch recht albern. Wie sonst könnte es sein, daß er sich über tausend Meilen plagt, nur um auf der sagenhaften Halbinsel Penglai eine sich ins Unendliche verlierende, auf der Welt selten zu sehende Luftspiegelung betrachten zu können? Wohl wissend, daß es sich um ein Trugbild handelt, bricht er noch in Rufe des Erstaunens und der Bewunderung aus, verweilt am Orte und vergißt gänzlich, wie spät es bereits geworden ist. Offensichtlich läßt sich das Streben nach dem Schönen und Guten auch im blutigen Kampf ums Überleben nicht unterdrücken. Das ist wohl das Wesentliche des Unterschieds zwischen Mensch und Tier.

Als ich begann Literatur zu lesen, fühlte ich mich, als betrachtete ich eine solche Luftspiegelung. Ich meinte, die Literatur sollte dem Menschen mehr bieten, als das alltägliche Leben zu geben vermochte. Was der Mensch liebt, was er haßt, kommt in ihr noch eindringlicher zum Ausdruck. Zumindest ist das in ihr Vermittelte etwas, das einfach unvergleichlich ist. Gott schuf den Menschen nach seinem Ebenbild, der Autor kreiert Charaktere entsprechend seiner eigenen Veranlagung. Daher kann man in den Formen der Kunst auch das Schöne des Schöpferischen sehen.

Künstler führen den Dialog mit der Gesellschaft mittels ihrer Musik, Dichtung oder Malerei.

Warum bedienen sie sich dieser schwierigen, mühseligen Form, bei der sie ihr eigenes Herz bloßlegen, es am Tuschstein zerreiben und es mit ihrer Galle und ihrem Blut zu Schreibtinte mischen? Sie sind, so meine ich , eben genauso wie wir manchmal zutiefst einsam und erhoffen sich mehr Verständnis bei den Menschen.

Ich glaube, viel Unglück unter den Menschen ist darauf zurückzuführen, daß man einander nicht versteht, nicht einmal miteinander redet.

Daher erscheinen mir die Charaktere in den Büchern näher, verständlicher. Ich wünschte, ich könnte immer in der literarischen Welt leben und bräuchte niemals mehr aus ihr herauszutreten.

Es war die Literatur, die in mir viele Ideen und Vorstellungen erweckte. Ideen, die vielleicht nicht besonders wissenschaftlich, nicht vollkommen und schöngeistig waren – ja, manche führten sogar dazu, daß ich mir den Kopf blutig stieß. Aber ich bereue sie nicht. Denn die Menschen sind doch häufig, wenn sie etwas oder jemanden heiß lieben, weder sehr objektiv noch sehr verstandeskühl. Immer wird man für das Geliebte etwas geben, etwas opfern – wenn dies überhaupt als Opfer gelten kann. Die Literatur machte mich zu einem Menschen, längst nicht makellos, aber voller Vitalität, der imstande ist, seine Eingebungen und Gefühle zu verwirklichen. Sonst brächte ich keine einzige Zeile zu Papier.

Tolstoi sagte einst zu seinem Bruder: „Du hast alle Vorzüge, die einen Schriftsteller ausmachen, doch es mangelt dir an der Schwäche, die ein Autor haben muß: der Neigung zum Extremen."

Literatur ist für mich keine entspannende Liebhaberei, sondern Dürsten nach noch unverwirklichten Idealen: daß das Leben noch mehr so sei, wie es sich die Menschen ersehnen.

Warum sollte es nicht so sein können?

Außer der Literatur gibt es nichts, was mein Interesse oder meine Aufmerksamkeit lange zu fesseln vermag. Ich meinte einst, ein im Leben zielloser, nach nichts strebender Mensch zu sein, hin- und herschwirrend wie eine Libelle. Erst in der Literatur entdeckte ich mich selbst. Ganz gleich, ob ich Erfolg habe oder nicht, ich gehe ganz in ihr auf, achte auf nichts anderes, verweile in ihr und bin ihr leidenschaftlich zugetan. Ich weiß nicht, wie andere Menschen dies sehen, aber ich fühle oft, wie schwer es für den einzelnen ist, sich selbst zu finden. Es kommt vor, daß ein Mensch bis an sein Lebensende nicht so recht weiß, wo er steht, und sich nicht gefunden hat. Anderen fällt dies vielleicht leichter. Ich jedenfalls brauchte ganze vierzig Jahre dazu. Reichlich lange – deshalb ist mir diese Erkenntnis auch besonders wertvoll.

Ein entbehrungsreiches Leben ließ mich früh altern. Warum fühle ich mich zuweilen so erschöpft, wo es doch scheint, daß ich immer noch nicht am Ende meines Weges angelangt bin?

Vor ein paar Tagen, ich war gerade auf dem Heimweg, überkam mich plötzlich ein Herzkrampf. Ich war nur noch zwei Häuser von daheim entfernt; doch die Beine versagten den Dienst. Ein Herzmittel einnehmend, kauerte ich mich im strömenden Regen unter einen Baum und kämpfte gegen stechende Schmerzen in meinem Rücken. Auf meiner Stirn perlte kalter Schweiß. Beim Anblick der niederprasselnden Regentropfen, die sich in Pfützen sammelten, erinnerte ich mich unwillkürlich an mein mühseliges Leben. Und ich dachte an den Schriftsteller Feng Jicai, der sich wie ein Kind freute, als er mir das Modell eines mittelalterlichen Segelschiffes zeigte, das ihm ein Freund aus Amerika mitgebracht hatte. Er fügte an, daß er mir, sollte ich einmal nach Amerika reisen, etwas Geld geben würde, damit ich auch ein solches Boot kaufen könnte.

Er scheint hellseherisch zu sein, denn von unserem ersten Zusammentreffen an wußte er stets, was ich gerade dachte und wovon ich träumte.

Ja, ich liebe das Boot, denn ich denke dabei an Piraten, Abenteuergeist, Freiheit, unablässiges Forschen und Streben.

Es darf nicht sein, daß mein Boot jetzt schon auf Grund gelaufen ist, so daß ich nur noch wie in tiefer Nacht vom weiten Meer her das Rufen der Brandung vernehme. Dabei hatte es doch einst wie ich den kämpferischen Geist besessen, der nicht willens ist, sein Haupt vor dem Schicksal zu beugen.

Wenn meine Stimmung gedrückt ist, blättere ich durch die sorgfältig aufbewahrten Briefe von Lesern. Da sind nicht wenige, die schreiben: Wenn du einmal Schwierigkeiten hast, dann suche uns auf.

Welche größere Belohnung könnte es für einen Autor geben als das Verständnis seiner Leser?

Angesichts dieser Anteilnahme unbekannter Menschen denke ich unwillkürlich: Für wen schreibe ich eigentlich, für wen lebe ich eigentlich? Für meine Leser will ich gewissenhaft und unerschütterlich weiterarbeiten, und zwar so, daß ich, wie ich einmal formulierte, am Ende meines Lebens sagen kann, niemals mit meiner Feder ein unwahres Wort geschrieben zu haben.

Zhang Jie

Liebe ist unvergeßlich

Ich bin ebenso alt wie unsere Republik – dreißig Jahre. Nun, für eine Republik ist dies kein Alter, im Gegenteil. Eine Frau hingegen läuft dann schon Gefahr, ihr Leben womöglich als alte Schachtel zu beschließen.

Doch jetzt macht mir tatsächlich jemand ernsthaft den Hof. Kennen Sie die Skulptur „Der Diskuswerfer" des großen griechischen Bildhauers Myron? Qiaolins Körper ist beinahe das getreue Abbild dieser Skulptur. Nicht einmal unsere unförmige wattierte Winterkleidung vermag seinen edlen Körperbau zu verbergen. Sein Gesicht zeichnet sich aus durch einen dunklen Teint, markante Nase und Mund, große Augen unter einer breiten Stirn. Die meisten jungen Frauen würden sich vermutlich allein beim Anblick seines Gesichtes und Körpers in Qiaolin verlieben.

Und dennoch – ich selbst kann mich nicht zur Heirat entschließen. Denn es gelingt mir beim besten Willen nicht, herauszufinden, was ich eigentlich an ihm liebe und was er wiederum an mir liebt.
Ich weiß, daß manche bereits hinter meinem Rücken giften: „So wie's um sie steht, sollte sie froh sein. Will sie etwa einen noch besseren Mann finden?"
In ihren Augen bin ich eben nichts als eine minderwertige Kuh, die aber mit allerlei Tricks versucht, einen spendablen Dummkopf übers Ohr zu hauen, der bereit ist, einen hohen Preis für sie zu zahlen. Und dies entfacht ihre Entrüstung, gerade so, als hätte ich in der Tat ein zum Himmel schreiendes Unrecht begangen und den Anstoß aller erregt.
Freilich, ich darf mit ihnen nicht zu hart ins Gericht gehen. In einer Warengesellschaft läßt es sich ja schwerlich vermeiden, daß die Heirat, so wie vieles andere auch, das Brandmal des Warentausches trägt.
Ich bin jetzt nahezu zwei Jahre mit Qiaolin befreundet. Dennoch habe ich bis zum heutigen Tage nicht in Erfahrung bringen können, ob seine Angewohnheit, stets beharrlich zu schweigen, letzten Endes daher rührt, daß er nicht gern spricht, oder daher, daß er schlechthin nichts zu sagen hat. Immer wenn ich mir vornehme, einen kleinen Intelligenztest durchzuführen und ihn, koste es, was es wolle, zu zwingen, endlich seine Ansicht zu einer bestimmten Angelegenheit oder einem Sachverhalt zu äußern, so bringt er unweigerlich wieder nichts als die in Kindergärten gebräuchlichsten Worte hervor:

„Ja!" oder „Nein!" Es gibt nur diese zwei Möglichkeiten, eine andere kommt ihm offenbar nicht in den Sinn.
Als ich ihn fragte: „Qiaolin, warum liebst du mich eigentlich?", da sann er gewissenhaft eine lange Zeit nach. Für ihn war diese Zeitspanne wahrlich sehr lang. Das Kräuseln der auf seiner breiten Stirn so selten erscheinenden Falten verriet mir, daß die in seinem hübschen Kopf angeordneten Zellen sicherlich die Tätigkeit angespannten Denkens ausübten. Unwillkürlich erfaßte mich eine Art von Mitleid und Bedauern, als hätte ich ihn mit meiner Frage absichtlich vor Schwierigkeiten stellen wollen. Daraufhin hob er seinen kindlichen, lauteren Blick und entgegnete: „Weil du gut bist."
Mein Herz versank in tiefe Einsamkeit. „Ich danke dir, Qiaolin!"

Mir drängte sich die Frage auf: Wenn er tatsächlich mein Ehemann wird und ich seine Ehefrau, werden wir dann den ehelichen Verantwortungen und Pflichten voll und ganz nachkommen können? Es mag gelingen. Schließlich verbinden uns Gesetz und Moral fest miteinander. Wenn wir aber lediglich Gesetz und Moral Folge leisten und so die gegenseitigen Verantwortungen und Pflichten erfüllen, wäre dies nicht ein trauriges Schicksal? Gibt es denn nichts, das uns stärker und fester noch als Gesetz und Moral zusammenhält?
Wenn ich solchen Gedanken nachhänge, beschleicht mich stets ein sonderbares Gefühl, gerade so, als sei ich nicht eine glückliche Braut kurz vor ihrer Hochzeit,

sondern ein alter griesgrämerischer Pedant, der die Gesellschaftswissenschaften studiert.
Vielleicht sollte ich nicht so viel grübeln. Wir könnten ein Leben nach Art der allermeisten Familien führen: Kinder in die Welt setzen und großziehen, füreinander da sein, unerschütterlich die vom Gesetz vorgeschriebene Treue bewahren ... Obgleich die menschliche Gesellschaft bereits in das achte Jahrzehnt des 20. Jahrhunderts eingetreten ist, betrachtet sie nichtsdestotrotz weiterhin – so wie die Menschen seit Jahrtausenden zu tun pflegen – unbeirrt die Ehe allein als Werkzeug zur Fortsetzung der Familienlinie, als einen Tausch oder Handel, bei dem Heirat und Liebe durchaus zwei verschiedene Dinge sein können. Wenn viele Menschen so dahinleben, wieso sollte es ausgerechnet mir schlicht unmöglich sein, auf die gleiche Weise zu leben?
Nein, ich kann mich trotzdem nicht dazu entschließen. Ich erinnere mich noch gut, daß ich als kleines Kind immer nächtelang ohne irgendeinen ersichtlichen Grund schluchzte, wodurch nicht nur ich, sondern meine ganze Familie keinen friedlichen Schlaf fand. Meine Amme, die zwar keine Schulbildung genossen hatte, dafür aber über einen beachtlich gesunden Menschenverstand verfügte, meinte dazu: „Dir saust ein böser Wind im Ohr herum!" Ich glaube, ihre ein wenig orakelhaft klingende Erklärung war wohl doch von recht wissenschaftlicher Natur. Denn bis heute neige ich dazu, manche an sich völlig einfache Fragen derart zu verwickeln, daß weder ich noch die anderen zur Ruhe kommen. „Die natürliche

Veranlagung läßt sich schwer verändern" – das wird es sein!

Und manchmal denke ich auch an meine Mutter; daran, was sie, wenn sie noch lebte, wohl von meinen Ansichten und von Qiaolin und seinem Heiratsantrag halten würde. Nicht etwa weil sie eine strenge Mutter gewesen wäre, deren Geist selbst nach ihrem Tode noch mein Schicksal beherrschte, denke ich so oft an sie. Nein, sie war für mich im Grunde weniger eine Mutter, vielmehr
war für mich im Grunde weniger eine Mutter, vielmehr
war sie meine liebste und vertrauteste Freundin. Gerade bei dem Gedanken, daß sie nun nicht mehr bei mir ist.

Sie hat mir nie Lehren erteilt, hat mir nur in ihrer dunklen Stimme, die nichts von jenem weiblich-sanften Klang besaß, liebevoll von den eigenen Fehlschlägen oder Erfolgen erzählt, um mich dann aus diesen Tief- und Höhepunkten selbst finden zu lassen, was mir wichtig war. Allerdings scheinen die Momente des Glücks und Erfolgs sehr selten gewesen zu sein; ihr Leben war eher begleitet von zahlreichen Enttäuschungen und Niederlagen.

In ihren letzten Tagen folgte mir stets der unverwandte Blick ihrer klugen und schönen Augen, als wöge sie ab, ob ich tatsächlich die Fähigkeit besäße, auf eigenen Füßen zu stehen; und auch, als wollte sie mir noch etwas Wichtiges einschärfen, ohne sich jedoch entscheiden zu können, ob sie es mir mitteilen sollte. Ganz sicher beunruhigte sie meine unbekümmerte Art, nichts sonderlich ernst zu nehmen. Schließlich wandte sie sich unvermittelt an mich:

„Shanshan, solange du nicht genau weißt, was du wirklich willst, solltest du besser weiter allein leben, als unbedacht zu heiraten."
Der eigenen Tochter einen solchen Rat zu geben, grenzt für die meisten anderen Menschen an unglaublichen Unverstand. Ich aber verstand, daß aus ihm all die bitteren Erfahrungen ihres Lebens sprachen. Und ich hatte nicht das Gefühl, ihre Warnung beruhe auf einer Geringschätzung meiner Person oder meiner Lebenserfahrungen. Sie liebte mich und hoffte, ich würde ein Leben ohne Kummer führen; war es nicht so?
„Mama, ich will gar nicht heiraten!" Ich sagte dies nicht aus Scham oder um mich zu zieren. Offen gesprochen wußte ich nicht einmal, daß Mädchen oder junge Frauen mitunter ein schüchternes oder züchtiges Gebaren an den Tag zu legen haben. Denn meine Mutter hatte mich in all die Dinge, die die meisten Eltern meinen ihren Kindern verschweigen zu müssen, schon frühzeitig so eingeweiht, wie sie es für richtig hielt.
„Nun ja, wenn du den richtigen Mann findest, dann spricht eigentlich nichts gegen eine Heirat."
„Den gibt's womöglich gar nicht!"
„Aber sicher, nur ist es fraglich, ob man ihn auch trifft. Das ist der Punkt. Denn schließlich ist die Welt nicht gerade klein." Es war ihr gleichgültig, ob ich heiratete oder ledig blieb; ihr ging es um den eigentlichen Sinn einer Ehe.
„Du fühlst dich doch allein sehr wohl!"
„Wer sagt, daß es so ist?"

„Mir kommt es so vor."

„Ich hatte keine andere Wahl ..." Sie brach ab und versank in Gedanken. Ein abwesender, melancholischer Ausdruck trat auf ihr Gesicht. Wehmütig und von Falten überzogen, erinnerte es mich an die getrockneten Blumen, die ich als Kind zwischen den Seiten von Büchern gepreßt hatte.

„Warum hattest du keine andere Wahl?"

„Warum, warum, du fragst viel zu oft warum!" Sie wich mir aus. Gewiß verbarg sie im Herzen ein Geheimnis, das sie mir nicht enthüllen wollte. Ich verstand, daß sie es mir nicht aus Scheu verschwieg, sondern aus Furcht, ich könnte seine Bedeutung nicht genau erfassen und mißverstehen. Und vermutlich auch deswegen, weil ein jeder Mensch etwas sein Eigen nennt, das er wie einen kostbaren Schatz hütet, für sich allein bewahrt und mit in sein Grab nimmt. Bei diesem Gedanken wurde mir ein wenig unwohl zumute. Dieses Gefühl des Unbehagens trieb mich, unhöflich und taktlos weiterzuforschen: „Liegt es daran, daß du Vater immer noch liebst?"

„Nein, ich habe ihn nie geliebt."

„Hat er dich denn geliebt?"

„Nein."

„Warum habt ihr dann überhaupt geheiratet?"

Sie zögerte. Offensichtlich wollte sie ihre Worte genau abwägen, um ihre damalige Entscheidung, die anderen widersprüchlich und schwer faßbar erscheinen mußte, zu erklären. Schließlich beschied sie mich mit einem Ausdruck grenzenloser Reue: „Wenn man jung ist, ist man sich seiner Ziele und Wünsche nicht immer ganz sicher. Und das kann dazu führen, daß man heiratet, nur weil einem die anderen aufgeregt zureden. Erst wenn man dann ein wenig erwachsener und reifer ist, weiß man, was man wirklich will. Doch bis dahin hat man schon so viele Torheiten begangen, daß Bedauern und Reue einem das Herz zerfressen. Und wenn man endlich nichts sehnlicher wünscht, als sein Leben noch einmal neu leben zu dürfen, erst dann ist man etwas klüger. Es heißt: ‚Der Zufriedene ist immer glücklich', doch mir bereitet ein solches Glück keinen Genuß." Bei diesen Worten lachte sie spöttisch auf. „Ich muß mich anscheinend damit abfinden, eine freudlose Idealistin zu sein."

Hatte ich möglicherweise meine Marotte mit dem „bösen Wind im Ohr" von ihr? Offenbar war es ein besonders pflichtbewußtes Gen, das in unseren Zellen für die Erbeigenschaft „böser Wind im Ohr" zuständig war.

„Warum heiratest du dann nicht wieder?"

Etwas unwillig entgegnete sie: „Ich fürchte, ich weiß auch jetzt noch nicht genau, was ich will." Es lag auf der Hand, daß sie mir immer noch nicht die Wahrheit gestehen wollte.

Ich erinnere mich nicht an meinen Vater. Er und meine Mutter hatten sich getrennt, als ich noch ein kleines Kind war. Ich kann mich lediglich entsinnen, daß meine Mutter mir einst verlegen erzählt hat, er sei ein recht gut aussehender, verwöhnter Sohn aus reichem Hause gewesen. Gewiß schämte sie sich, früher nach solch oberflächlichen und törichten Dingen getrachtet zu haben. Einmal gestand sie mir: „Wenn ich nachts nicht einschlafen kann, zwinge ich mich oft mit aller Macht, mir all die Dummheiten und Fehler meiner Jugend ins Gedächtnis zurückzurufen. Um ein für allemal zur Vernunft zu kommen! Natürlich ist das sehr unangenehm und schmerzlich, und manchmal verhülle ich dann voll Scham mit der Bettdecke mein Gesicht, als durchbohrten mich selbst im Dunkeln zahllose Blicke. Aber in diesem Schmerz liegt auch eine Art Freude an der Sühne."

Ich bedauerte aufrichtig, daß sie nicht wieder heiratete. Sie war eine sehr anziehende Frau, und hätte sie sich mit jemandem, den sie liebte, verheiratet, dann wären wir bestimmt eine sehr zufriedene kleine Familie gewesen. Obwohl sie keineswegs hübsch war, wirkte sie doch anmutig und schlicht, gleich einer Landschaftsmalerei von zarter Tusche. Auch besaß sie einen feinen literarischen Stil, weshalb ein guter Freund von ihr, ein Schriftsteller, gern scherzte: „In dich muß sich dein Leser ja einfach verlieben."

Darauf gab sie dann zurück: „Wenn er erführe, daß er in Wirklichkeit eine alte Frau mit einem von Falten übersäten Gesicht und weißen Haaren liebt, nähme er sicher vor Schreck Reißaus."

Es war ausgeschlossen, daß sie in ihrem Alter immer noch nicht wußte, wonach ihr eigentlich der Sinn stand. Ihre Antwort auf meine Frage war zweifellos eine Ausrede. Ich meine dies deshalb, weil sie nämlich einige sonderliche Angewohnheiten besaß, die in mir ziemliche Bedenken wachriefen.

So pflegte sie zum Beispiel auf jede Dienstreise, wohin diese sie auch führen mochte, einen Band ihrer 27bändigen, 1950-55 herausgegebenen Sammlung ausgewählter Werke von Tschechow mitzunehmen. Doch damit nicht genug, sie flößte mir überdies vor ihrer Abreise ein: „Rühre bitte nicht meine Ausgabe an. Wenn du Tschechow lesen möchtest, dann benutze die, die ich dir geschenkt habe." Diese Mahnung war natürlich überflüssig. Ich besaß meine eigene Tschechow-Ausgabe, wozu sollte ich also in ihrer herumstöbern? Zudem hatte sie diese Anweisung unzählige Male schon wiederholt. Und trotzdem verließ sie nie die Sorge, dieser unwahrscheinliche Fall könnte eines Tages doch eintreten. Wie leidenschaftlich besessen, so liebte sie ihre Tschechow-Ausgabe.
Wir besaßen also zwei Ausgaben dieser Sammlung ausgewählter Werke von Tschechow. Nun, dies zeugt sicherlich von einer in unserer Familie besonders ausgeprägten Wertschätzung dieses Autors. Vermutlich diente aber das Vorhandensein von zwei Ausgaben eher dazu, mir und anderen, die Tschechow ebenso schätzten, den Zugriff auf die Bände meiner Mutter zu verwehren. Wollte sich jemand einen Band ausleihen, so holte sie ihn stets aus meinem Zimmer. Ein Tages, meine Mutter war gerade nicht zu Hause, griff ein naher Freund zu einem Band ihrer Tschechow-Ausgabe. Als sie es bemerkte, war sie schier außer sich vor Aufregung und Verzweiflung und tauschte ihn sogleich gegen meinen Band.
Seit ich mich erinnern kann, hatte diese Sammlung ihren

Platz im Bücherregal meiner Mutter. So sehr ich diesen Autor schätze, bleibt es mir doch unverständlich, wie sie diese Bände wieder und wieder lesen konnte, ohne ihrer jemals überdrüssig zu werden, und was meine Mutter seit mehr als zwanzig Jahren antrieb, tagtäglich darin zu lesen.

So manches Mal, wenn sie müde vom Schreiben war, ließ sie sich, eine Tasse starken Tee in der Hand, vor dem Bücherregal nieder und versank beim Betrachten der Tschechow-Bände tief in Gedanken. Trat ich in einem solchen Augenblick unversehens in ihr Zimmer, schien sie verstört und aufgeschreckt. Zwar verschüttete sie dann nicht unbedingt jedesmal ihren Tee, aber sie errötete doch beschämt wie ein zum allerersten Mal verliebtes junges Mädchen, das beim Rendezvous mit dem Geliebten auf frischer Tat ertappt wird.

Schließlich trieb mich sogar die Frage um, ob sie womöglich diesen Schriftsteller liebte. Aber dies wäre wohl, selbst wenn er noch gelebt hätte, äußerst unwahrscheinlich gewesen.

Als sie, kurz vor ihrem Tode, schon nicht mehr bei vollem Bewußtsein war, lauteten ihre letzten Worte an mich: „Meine Sammlung. . . ", sie war schon zu schwach, noch den umständlichen Ausdruck „meine Sammlung ausgewählter Werke von Tschechow" über die Lippen zu bringen. Doch ich verstand, was sie meinte. „. . . Und auch die Notizbücher mit der Aufschrift 'Liebe ist unvergeßlich' . . . verbrennt das zusammen mit mir."

Einige ihrer letzten Anweisungen habe ich in ihrem Sinne ausgeführt, zum Beispiel was die Tschechow-Ausgabe betraf. Manche ihrer Bitten aber habe ich nicht erfüllt. Die erwähnten Notizbücher habe ich nicht verbrannt. Ich kann mich nicht von ihnen trennen. Und oft denke ich, daß diese Notizbücher, würden sie veröffentlicht, ihre Leser sicherlich mehr bewegen würden als all ihre anderen Werke. Aber ich darf sie natürlich nicht der Öffentlichkeit preisgeben.

Zunächst hielt ich ihre Notizbücher nur für Material, das meine Mutter zu schriftstellerischen Zwecken gesammelt hatte. Denn sie besaßen weder Ähnlichkeit mit einem Roman noch mit Aufzeichnungen, ähnelten weder einer Briefesammlung noch Tagebüchern. Nachdem ich sie vom Anfang bis zum Ende gelesen hatte, verflochten sich die zusammenhanglosen Worte und Sätze mit meinen bruchstückhaften Erinnerungen allmählich zu einem noch undeutlichen Ganzen. Und erst nach langem Nachsinnen erkannte ich, daß was ich da in meinen Händen hielt, weit mehr war als leblose Buchstaben ohne Fleisch und Blut. Es spiegelte sich darin ein leidenschaftliches Herz, gefangen in Liebe und Schmerz. Und ich sah, wie sich dieses Herz im Kampf zwischen Liebe und Schmerz verzehrte. Mehr als zwanzig lange Jahre gehörte ihre ganze Liebe einem einzigen Mann, und dies ohne die Hoffnung, jemals mit ihm zusammenleben zu können. Es verblieb ihr lediglich, stellvertretend in den Seiten ihrer Notizbücher vertrauliche Gespräche mit ihm zu führen: jede Stunde, jeden Tag, jeden Monat, jedes Jahr.

Kein Wunder, daß sie an keinem Bewerber Interesse

fand, mochte er auch noch so sympathisch sein; kein Wunder, daß sie mit einem gleichgültigen Lächeln über Bemerkungen hinwegzugehen pflegte, bei denen man nicht zwischen wohlwollendem Rat und böswilligem Geschwätz unterscheiden konnte. Denn ihr Herz war bereits erfüllt, und keine andere Regung konnte darin noch Aufnahme finden.

Die alten Verszeilen kamen mir in den Sinn:

„Wer die Meere befahren hat,
den setzt kein Wasser mehr in Erstaunen;
doch was wären die Schleier des Himmels
ohne das Wolkenhaupt des Berges Wu?"

Und als ich erkannte, daß die wenigsten unter uns zu einer solch innigen Liebe fähig sind und daß auch mich nie jemand derart würde lieben können, da beschlich mich ein Gefühl unsagbarer Enttäuschung und Verlorenheit.

Ich brachte in Erfahrung, daß der Mann, den meine Mutter liebte, Ende der dreißiger Jahre im Shanghaier Untergrund tätig war. Ein alter Arbeiter deckte ihn, wurde deswegen verhaftet und opferte schließlich für ihn sein Leben. Er hinterließ Frau und Tochter, die nun völlig auf sich allein angewiesen waren. Der Geliebte meiner Mutter heiratete später die Tochter des Mannes, dem er sein Leben verdankte. Er tat dies, ohne zu zaudern. Das Gefühl moralischer Verpflichtung, Verantwortung und Klassenliebe waren ihm Grund genug. Und wenn er all jene Ehepaare betrachtete, die zwar einst aus Liebe geheiratet hatten und trotzdem oder gerade deswegen unglücklich waren, dann dachte er sich gewiß: „Dem Himmel sei Dank, selbst wenn wir nicht aus Liebe geheiratet haben, leben wir immerhin friedlich und einträchtig miteinander, so wie der rechte und linke Arm eines Menschen.“ Mehrere Jahrzehnte hielten sie so zusammen, gemeinsam den Stürmen des Lebens trotzend, ein Ehepaar, das Freud und Leid teilte.

Bestimmt war er einer ihrer Amtskollegen. Ich fragte mich, ob ich ihn wohl schon einmal gesehen hatte. Jedenfalls fand ich keinen festen Anhaltspunkt, der mich hätte schließen lassen können, daß er zum Kreis derer gehörte, die uns häufig daheim besuchten.

Es war etwa im Frühjahr 1962, da besuchte ich mit meiner Mutter ein Konzert. Der Veranstaltungsort war nicht allzuweit entfernt, so daß wir uns zu Fuß dorthin begaben.

Eine kleine schwarze Limousine hielt völlig lautlos neben dem Gehweg. Ihr entstieg ein weißhaariger älterer Mann, gekleidet in einen hochgeschlossenen Mao-Anzug aus schwarzem Wollstoff. Auf mich wirkte er überaus stattlich und würdevoll. Er machte einen unbeugsamen, äußerst gewissenhaften und kultivierten Eindruck, rein und klar wie ein Bergkristall. Mir fielen besonders seine Augen auf. Ein strenges, kühles Licht glitzerte in ihnen. Wenn er unversehens seinen Blick wechselte, glich dieses Licht einem zuckenden Blitz oder dem Widerschein eines wirbelnden Schwertes. Ein solch eiskaltes Augenpaar mit dem Glanz der Zärtlichkeit zu erfüllen, das ge-

lingt, so denke ich, höchstens einer Frau, die er uneingeschränkt und über alles lieben würde.
Er trat heran und begrüßte meine Mutter: „Wie geht es Ihnen, Genossin Zhong Yu? Wir haben uns lange nicht gesehen."
„Guten Tag!" Die Hand, an der Mutter mich führte, wurde mit einem Male eisig und zitterte kaum merklich.
Angesicht zu Angesicht standen sie einander gegenüber, mit verlorenem, geradezu grimmigem Ausdruck. Doch blickte keiner den anderen an. Mutter heftete ihren Blick auf die kahlen Sträucher am Wegrand, die noch zögerten, ihre ersten zarten Frühjahrstriebe zu zeigen. Er dagegen musterte mich: „Du bist ja schon ein großes Mädchen. Nein sowas, du siehst deiner Mutter aber wirklich sehr ähnlich. Das gefällt mir."
Meiner Mutter hatte er nicht die Hand gereicht, dafür schüttelte er nun mir die Hand. Seine Hand war eiskalt und zitterte sacht, ganz wie die meiner Mutter. Wie elektrisiert, spürte ich eine unerklärliche Vibration und Spannung. Hastig entzog ich ihm die Hand: „Mir gefällt's aber gar nicht!"
„Wieso?" fragte er verdutzt oder besser gesagt: er stellte sich absichtlich so erstaunt. Denn Erwachsene setzen immer eine solche Miene auf, wenn Kinder auf vermeintlich liebenswerte Weise mit etwas herausplatzen.
Ich prüfte Mutters Gesicht. Ja, ich sah ihr wirklich ähnlich. Dies machte mich ein wenig hoffnungslos: „Weil sie nicht hübsch ist."
Er lachte und meinte belustigt: „Welch ein Jammer, die

eigene Mutter nicht schön zu finden. Erinnerst du dich noch an das Jahr 1953, als deine Mutter gerade nach Beijing versetzt worden war? Wie sie dich zur Anmeldung mit ins Amt brachte? Sie ließ dich kleinen Schelm draußen im Flur, und du bist treppauf, treppab überall herumgestrolcht, hast durch sämtliche Türspalten geblinzelt und dir zu guter Letzt in meiner Zimmertür die Finger eingeklemmt. Du hast Rotz und Wasser geheult; ich hab' dich dann auf den Arm genommen und deine Mutter gesucht."

„Nein, das weiß ich nicht mehr." Mir war nicht sehr wohl in meiner Haut. Schließlich erwähnte er Vorgänge aus jener Zeit, in der ich noch kurze Hose mit hinten offenem Schlitz getragen hatte.

„Siehst du, ältere Leute haben doch ein besseres Gedächtnis." Er drehte sich plötzlich um und wandte sich an meine Mutter: „Ich habe Ihren jüngsten Roman gelesen. Ich möchte keinen Hehl daraus machen und Ihnen offen sagen, daß Sie in einem Punkt nicht ganz recht haben. Sie sollten nämlich nicht die Heldin tadeln. Ich meine, man kann nicht grundsätzlich verurteilen, daß sie sich zu einem anderen hingezogen fühlt. Denn es führte ja nicht dazu, daß das Leben dritter zerstört wurde. Und warum sollte nicht auch der Mann die gleiche Zuneigung empfinden dürfen? Aber weil beiden auch das Glück eines dritten Menschen am Herzen liegt, ist ihnen ihre Liebe verwehrt..."

Bei diesen Worten näherte sich gerade ein Verkehrspolizist seinem Wagen, um den Chauffeur lautstark auf das

Parkverbot hinzuweisen. Dieser bemühte sich betreten, seinen Hals aus der Schlinge zu ziehen. Unser Gesprächspartner erfaßte die brenzlige Lage. Er brach ab, verabschiedete sich mit einem überstürzten „Auf Wiedersehen" und eilte mit langen Schritten zum Wagen zurück. Ich hörte, wie er sich beim Polizisten entschuldigte: „Bitte verstehen Sie, den Chauffeur trifft keine Schuld, ich habe. . ."

Ich konnte meinen Blick nicht abwenden und genoß, wie unterwürfig dieser ältere Herr den Zurechtweisungen des Polizisten lauschte. Ich fand die Szene wirklich ulkig. Mit frechem Grinsen schaute ich mich zu meiner Mutter um. Und sprachlos stellte ich fest, daß ich sie noch nie so verlegen gesehen hatte.

Sie stand da wie eine zerknirschte ABC-Schülerin vor dem gestrengen Schulmeister, als tadelte der Polizist sie und nicht ihren Bekannten.

Der Wagen fuhr davon, eine leichte Rauchwolke ausstoßend. Und als auch diese sich im Nu im Wind auflöste, schien es, als wäre nichts geschehen. Ich kann mir nicht erklären, weshalb meine Erinnerung an diese Begebenheit sich nicht ebenso leicht und schnell verflüchtigte.

Bei kühler nachträglicher Betrachtung komme ich zu dem Schluß, daß es gewiß seine geistige Ausstrahlungskraft war, die meine Mutter in ihren Bann zog. Eine Ausstrahlung, die ihre Stärke vermutlich aus seinem reifen, gefestigten politischen Bewußtsein bezog, aus den lebensgefährlichen Erfahrungen in den unruhigen Zeiten der Revolution und natürlich auch aus seinen vielseitigen Interessen. Er setzte bei der Arbeit seine Vorstellungen unerschrocken durch, war literarisch und künstlerisch gebildet. Und, seltsam genug, gleich meiner Mutter besaß auch er eine besondere Vorliebe für die Oboe. Sie hatte diesen Mann bestimmt bewundert, denn an einer Stelle erwähnte sie, daß ohne diese Bewunderung ihre Liebe wahrscheinlich keinen Tag gewährt hätte.

Verschlossen bleibt mir, ob er die Liebe meiner Mutter erwiderte. Doch hätte er sie nicht geliebt, so hätte sich wohl kaum die folgende Eintragung in ihren Notizbüchern gefunden:

„Ihr Geschenk ist zu großzügig. Woher wußten Sie, daß ich Tschechow mag?"
„Sie sagten es einst."
„Daran kann ich mich gar nicht erinnern."
„Aber ich weiß es noch. Sie haben es einmal in Ihr Gespräch einfließen lassen."

Er also hatte meiner Mutter die Tschechow-Ausgabe geschenkt. Und sie muß darin einen Beweis seiner Liebe gesehen haben.

Er hatte bisher nie auf Liebe vertraut. Doch vielleicht empfand auch er, nachdem sein Haar sich bereits weiß verfärbt hatte, ein inniges Gefühl, das man hätte Liebe nennen können. Diese Liebe trat unvermittelt in sein Leben, als er schon nicht mehr frei war, mit einer sol-

chen Intensität, daß er für sie sein Leben gegeben hätte. Aber da war dieses Glück bestenfalls tragisch.
Diese kleine Episode ist das einzige, was ich mir zu seiner Person in Erinnerung bringen kann.

Mir war es eine unbegreifliche und bittere Vorstellung, daß meine Mutter mit allen Fasern ihres Herzens an einem Manne hing, ohne je wirklich in seiner Nähe sein zu können. Statt dessen mußte sie Zeitberechnungen anstellen und sich den Kopf zerbrechen, wann ihn wohl sein Weg zur Arbeit durch unsere Gasse führen würde – um so im Rückfenster seines Wagens wenigstens flüchtig seinen Hinterkopf zu erspähen. Von den hinteren Rängen lauschte sie seinen Reden und betrachtete durch die sich unruhig bewegenden Köpfe aus weiter Ferne sein Gesicht, das im rauchigen Halblicht verschwamm. Und wenn sich ihr Herz dabei kalt verkrampfte, dann mußte sie ihre stillen Tränen mit aller Macht vor den anderen verbergen. Besorgt dachte sie an seine Bronchitis und weshalb ihn niemand vom Rauchen abhielt, wenn er wieder einmal hustend seine Rede unterbrechen mußte. Er war ihr unfaßbar nah und unerträglich fern.
Ihm erging es sicherlich ähnlich. Tagtäglich hielt er Ausschau nach ihr und beobachtete angespannt aus dem Wagen heraus die unablässig und gleichmäßig an ihm vorbeiströmenden Fahrräder, bis ihm die Augen flimmerten, ängstlich besorgt, ihr möge in dieser Flut von Rädern nichts zustoßen. Vielleicht ließ er an seinen wenigen freien Abenden das Auto stehen und begab sich

auf Umwegen, die ihn an unserem Haus vorbeiführten, nach Hause. Und bei aller Arbeitsüberlastung nahm er sich, auf der Suche nach einer Veröffentlichung meiner Mutter, doch die Zeit, sämtliche Zeitschriften zu durchstöbern.

Sein Leben war bislang so eindeutig und überschaubar verlaufen, selbst in den schwierigsten Zeiten. Nun aber machte ihn diese Liebe schwach und hilflos. In diesem Alter mußte ihm dies lächerlich und albern erscheinen – oder nur unverständlich, weshalb es das Leben gerade so eingerichtet hatte?

Ich stellte mir vor, wie die beiden, trafen sie sich zufällig einmal im Hofe ihres Dienstgebäudes, der Begegnung rechtzeitig auszuweichen versuchten und mit einem flüchtigen Kopfnicken aneinander vorbeihasteten. Wie eine solche Kleinigkeit meine Mutter aus der Fassung brachte, ihr nahezu die Sinne schwanden und die Welt sich im Bruchteil eines Augenblicks in einen leeren Raum zu verwandeln schien. Begegnete sie dann jemandem in diesem Zustand, bei dem Hören, Sehen und Denken sich auflösten, so konnte sie sich gewiß nicht einmal auf dessen Namen besinnen, nannte ihn womöglich Guo statt Wang und sprach verworrene Worte, die sie selbst nicht verstand.

Wie ich ihren Aufzeichnungen entnahm, kämpfte sie verzweifelt gegen ihre Gefühle an:

„Wir haben einst abgemacht: Wir wollen einander vergessen. Aber ich habe dich betrogen, ich habe dich nicht vergessen. Und ich glaube, auch du hast mich nicht vergessen. Vielmehr betrügen wir einander und versuchen unseren Schmerz tief im Herzen zu vergraben. Dabei habe ich mich an unsere Abmachung zu halten versucht, habe mich so sehr bemüht, unseren Vorsatz in die Tat umzusetzen. Bei meinen zahllosen Dienstreisen setzte ich ein ums andere Mal, fernab von Beijing, all meine Hoffnung in die Zeit und den Raum, bis ich meinte Dich endlich vergessen zu haben. Doch wenn ich dann heimkehrte und der Zug sich Beijing mehr und mehr näherte, konnte ich das schwindelerregende Hämmern meines Herzens einfach nicht mehr ertragen. Und sehnsüchtig hielt ich auf dem Bahnsteig Ausschau, als wartete jemand auf mich. Doch nein, das war natürlich unmöglich. Es wurde mir nur schmerzhaft bewußt, daß ich gar nichts vergessen hatte. Alles war unverrückt und unverändert. Etwas hatte Wurzeln geschlagen, die sich Jahr um Jahr, einem großen Baume gleich, tiefer eingruben. Und jetzt waren diese Wurzeln nur noch unter Aufbringung aller Kräfte herauszureißen. Aber dazu war ich schlicht unfähig.

Immer wenn ein Tag sich seinem Ende zuneigt, meine ich etwas Wichtiges versäumt zu haben. Oder ich fahre des nachts erschreckt aus dem Traum empor: Was ist geschehen? Dabei ist natürlich gar nichts geschehen; es drängt sich mir einzig glasklar und scharf ins Bewußtsein, daß du mir fehlst. Im Licht dieser Erkenntnis erscheint alles andere unzureichend und unvollkommen, und nichts kann diese Lücke ausfüllen oder gar vergessen machen. Wir sind nicht mehr die Jüngsten, zählen bereits unsere Tage. Doch warum sind wir, gerade so wie kleine Kinder, immer noch nicht Herr unserer Gefühle? Warum läßt das Leben uns erst eine lange, beschwerliche Reise durchstehen, um dann endlich den insgeheimen, lebenslang bewahrten Traum vor unseren Augen auszubreiten? Nicht genug, daß wir diesen Traum, weil wir anfangs geschlossenen Auges unseren Weg gingen, an einer Kreuzung verfehlten; es trennen uns mittlerweile unüberwindbare Schluchten."

Mit einem Male erinnere ich mich, daß meine Mutter tatsächlich nie zuließ, sie bei der Heimkehr von einer Dienstreise am Bahnhof abzuholen. Mitleid erfaßte mich bei der Vorstellung, daß sie, eine Frau, deren Haar bereits ergraut war, lieber einsam und allein auf dem Bahnsteig stehen wollte, einem bis über die Ohren verliebten jungen Mädchen gleich der Illusion hingegeben, der Geliebte werde sie abholen.

Dabei waren es gar nicht einmal überwiegend viele dieser Zeilen, die von der Liebe der beiden erzählten. Vielmehr handelte der größte Teil ihrer Aufzeichnungen von alltäglichen Dingen. Das eine Mal fragte sie sich nach den Gründen für den Mißerfolg eines ihrer Werke und zweifelte dabei an ihrer Begabung. Ein anderes Mal überlegte sie, warum Shanshan (das bin ich) wieder unartig gewesen war und ob sie mich bestrafen sollte. Oder sie beschrieb, wie sie einmal ein hervorragendes Theaterstück verpaßt hatte, nur weil sie sich beim Kauf des

Billets in ihrer Zerstreutheit einen falschen Vorstellungsbeginn gemerkt hatte. Dann wiederum war sie spazieren gegangen, hatte natürlich den Regenschirm vergessen und kam pudelnaß heim.

In ihren Gedanken und Gefühlen war sie offensichtlich Tag und Nacht bei ihm, als wären sie ein glücklich liebendes Ehepaar. Zählt man aber die Zeit zusammen, die sie in ihrem gesamten Leben tatsächlich miteinander verbracht hatten, so können es nicht mehr als 24 Stunden gewesen sein. Doch bedeuteten diese 24 Stunden vermutlich mehr und waren tiefer erlebt als das, was manche in ihrem ganzen Leben genießen. Shakespeares Julia sagte: „Ich kann nicht einmal die Hälfte meines Reichtums ermessen." Und ebenso konnte wahrscheinlich meine Mutter nicht einmal die Hälfte ihres Reichtums ermessen.

Anscheinend ist er während der Kulturrevolution eines gewaltsamen Todes gestorben. Es mag an den besonderen politischen Umständen jener Zeit gelegen haben, daß meine Mutter sich hier in ihren Eintragungen so verworren und dunkel ausdrückte. Ich wundere mich, daß es ihr, die aufgrund ihrer schriftstellerischen Tätigkeit hart angegriffen worden war, überhaupt gelang, die Gewohnheit des Schreibens dennoch beizubehalten. Doch konnte ich aus ihren unklaren Zeilen immerhin erkennen, daß er vermutlich Zweifel an den Lehrmeinungen jener

„theoretischen Autoritäten" *, die damals gerade auf dem Gipfel ihrer Berühmtheit und Macht angelangt waren, geäußert und sogar zu jemandem gesagt hatte: „Ihre Worte sind schlichtweg die Worte von Rechten." Jene Seiten, die die Spuren der Tränen meiner Mutter trugen, verrieten mir, daß man ihn daraufhin ziemlich grausam behandelte. Dieser komische alte Kauz erwies sich nichtsdestotrotz als äußerst standhaft. Zeit seines Lebens hatte er nie vor anderen gebuckelt, mochten sie über noch so einflußreiche Verbindungen verfügen. Noch kurz vor seinem Tode sagte er starrköpfig: „Und wenn ich oben beim alten Marx bin, der Kampf um Recht und Gerechtigkeit muß weitergehen."

All dies ereignete sich gewiß im Winter 1969, denn damals wurde das Haar meiner Mutter, die sich eben erst dem Alter von fünfzig Jahren näherte, über Nacht weiß. Auch band sie um ihren Arm einen schwarzen Gazestreifen. Damit brachte sie sich in eine sehr schwierige Lage, denn dieser Trauerflor löste scharfe öffentliche Kritik aus. Es hieß, sie halte an den „Vier Alten Dingen" * fest, und außerdem sollte sie gestehen, um wen sie trauerte.

„Mama, für wen trägst du das?" fragte ich angstvoll.

* Eine Anspielung auf die beiden Mitglieder der im Oktober 1976 verhafteten „Viererbande" Zhang Chunqiao und Yao Wenyuan.

* Eine Bezeichnung für alte Kultur, alte Ideologie, alte Sitten und Gebräuche, die während der Kulturrevolution bekämpft wurden.

„Für einen Verwandten", entgegnete sie und fügte beruhigend hinzu: „Aber du kennst ihn nicht."
„Soll ich's auch tragen?"
Sie antwortete mit einer Geste und streichelte meine Wange, so wie sie es, als ich noch klein war, oft zu tun pflegte. Doch es lag schon sehr weit zurück, daß sie es das letztemal getan hatte. So zärtlich war sie schon seit langer Zeit nicht mehr gewesen. Mitunter schien mir, als sei mit zunehmendem Alter und Lebenserfahrung, insbesondere den zahlreichen Sorgen, von denen all die Jahre erfüllt gewesen waren, ihre Zärtlichkeit allmählich dahingeschwunden. Vielleicht hatte sie sie aber nur im Laufe der Zeit ganz tief verborgen, bis ich sie schließlich häufig sogar als hart und männlich empfand.
Sie lachte verwirrt und traurig auf: „Nein, das ist nicht nötig."
In ihren ausgetrockneten, von Falten umgebenen Augen schien auch der letzte Rest von Tränenflüssigkeit versiegt, als hätte sie bereits all ihre Tränen vergossen. Ich wollte sie gern trösten oder etwas tun, um sie ein wenig glücklicher zu stimmen. Doch sie sagte nur: „Geh!"
Ich weiß nicht, warum damals ein Gefühl der Furcht in mir aufstieg. Ich liebte meine Mutter sehr, und mir war, als hätte sich ein Teil von ihr auf der Suche nach etwas anderem von mir entfernt. Unwillkürlich rief ich: „Mama!"
Feinfühlig erfaßte sie mit einem Blick, wie mir zumute war, und beruhigte mich sanft: „Du brauchst keine Angst

zu haben. Nun geh schon und laß mich ein wenig allein!"

Tatsächlich, ich hatte mich nicht in meiner Vermutung geirrt, denn sie schrieb:
„Du bist gegangen. Mir ist, als sei mit dir auch ein Teil von mir gegangen.
Ich darf nicht einmal wissen, wo dein Grab ist, geschweige denn dir die letzte Ehre erweisen. Auch habe ich kein Recht, sie um eine Erläuterung der Todesumstände zu bitten, denn ich bin ja weder mit dir verwandt, noch zählte ich zu deinen nahen Freunden ... Nun sind wir auf diese Weise getrennt worden. Haß erfüllt mich beim Gedanken, daß nicht ich, um dein Leben zu verschonen, diese unmenschlichen Qualen auf mich nehmen durfte. Wie gern hätte ich dein Leben gerettet, damit du den Tag einer Rehabilitierung hättest erleben und einst wieder für unsere Gesellschaft arbeiten können – und den Menschen zuliebe, die sich lieben. Man schimpft dich ein 'Drei-Anti-Element' * und hat dich, einen der Besten, ermordet. Aber ich habe immer an dich geglaubt; wie könnte ich dich sonst lieben? Ich habe jetzt keine Angst mehr, diese drei Worte auszusprechen.
Ununterbrochen wirbeln dicke Schneeflocken. Himmel! Selbst Gott ist so verlogen, eine blütenweiße Decke legt er über dein frisches Blut und diesen gemeinen Mord. Bisher hielt ich mein eigenes Dasein nie für sonderlich

* So wurden damals angebliche Gegner und Kritiker der Partei, des Sozialismus und des Mao Zedong-Denkens bezeichnet.

wichtig. Nun aber überlege ich stets bei allem, was ich sage und tue, ob du womöglich mißbilligend deine dichten Augenbrauen zusammenziehen würdest. Mein Leben geht weiter, und so wie du will ich ein gutes und richtiges Leben zum Wohl unserer Gesellschaft führen. Denn so wie jetzt darf es nicht bleiben; das Schwert der Strafe schwebt bereits über den Köpfen dieser üblen Clique. Ich werde, so gut ich kann, meinen kleinen Beitrag leisten.

Ganz allein mit mir legte ich noch einmal jenen kleinen Weg zurück, den wir ein einziges Mal nur gemeinsam gingen, und lauschte in der stillen Nacht meinen einsamen Schritten, die auf dem Asphalt hallten und hallten ... Unzählige Male schon irrte ich so, den Abschied verzögernd, hin und her, doch nie hat mir dabei das Herz derart geblutet. Zwar warst du auch früher nicht an meiner Seite, aber ich wußte dich immerhin noch am Leben; und so war mir, als begleitetest du mich. Diesmal jedoch war ich wirklich und wahrhaftig verlassen, und es wollte mir nicht gelingen, das zu begreifen.

Ich ging den Weg bis an sein Ende, kehrte wieder um, begann von neuem und beschritt ihn noch einmal.

Ich ging um den Zaun herum, wandte in alter Gewohnheit den Kopf und blickte hinüber. Es war, als stündest du immer noch dort und winktest mir mit der Hand zum Abschied. Wir haben uns damals nahezu unmerklich zugelächelt, beiläufig wie zwei Menschen, die einander kaum kennen, darauf bedacht, unsere Liebe zu verbergen, die sich tief und unauslöschlich in unsere Herzen gegraben hatte. Es war ein Abend zu Frühlingsbeginn, jedoch alles andere als poetisch. Nach wie vor blies ein kalter, unfreundlicher Wind. Wir gingen tiefschweigend, in weitem Abstand voneinander. Du keuchtest leicht. Besorgt dachte ich an deine chronische Bronchitis und versuchte, ein wenig langsamer zu gehen, aber aus unbegreiflichem Grunde gelang es mir nicht. Wir schritten in Windeseile, als hätten wir noch etwas Wichtiges zu erledigen und müßten nun dieses Wegstück unbedingt in der größten Hast zurücklegen. So sehr wir an diesem einzigen gemeinsamen 'Spaziergang' hingen, trieb uns doch zugleich ganz offensichtlich die Angst, wir könnten uns womöglich nicht länger bezähmen und die erschreckenden drei Worte aussprechen, die uns so viele Jahre schon quälten: 'Ich liebe dich.' Dabei würde vermutlich niemand auf der ganzen Welt uns glauben, daß wir einander noch nicht einmal die Hände geschüttelt haben, von anderen Dingen ganz zu schweigen."

Hier irrte sie, denn ich glaube es ihr. Doch wird sich außer mir niemand jemals so in sie einfühlen können.
Nie hätte ich geahnt, welch bedrückende Erinnerungen jenen Asphaltweg pflastern. Also verdienen auch die unscheinbarsten, winzigsten Winkel der Erde sehr wohl unsere Beachtung; wer weiß, wie viele heimliche Freuden und Schmerzen sie stillschweigend in sich verschließen mögen.
Nun wundert es mich nicht mehr, daß sie so oft, wenn sie des Schreibens müde war, langsam diesen kleinen Weg vor unserem Fenster auf und ab wanderte, manchmal

frühmorgens nach einer durchwachten Nacht, manchmal auch an einem stürmischen, mondfinsteren Abend. Dabei war es einerlei, ob tiefster Winter herrschte oder draußen ein schneidender Wind einem toll gewordenen Tier gleich heulte und, Sand und Steine aufwirbelnd, gegen das Fenstergitter peitschte. Damals hielt ich diese Spaziergänge für nichts weiter als eine ihrer sonderbaren Eigenheiten. Ich konnte nicht wissen, daß sie ihr soviel bedeuteten wie ein Rendezvous mit dem Geliebten. Ebenso gern stand sie am Fenster und betrachtete, in Gedanken verloren, diesen kleinen Fußweg. Einmal fand ich dabei auf ihrem Gesicht einen solch eigenartigen Ausdruck, daß ich annahm, es nähere sich gerade ein lieber, willkommener Gast. Eilig preßte ich meine Nase an die Scheibe, doch an jenem spätherbstlichen Abend fegte nur ein kalter Wind die herabgefallenen, gelbvertrockneten Blätter empor und trieb sie über das Pflaster des menschenleeren Weges.

Als wäre er noch am Leben, so gab sie auch nach seinem Tode die Gewohnheit nicht auf, ihm auf dem Papier ihre Gedanken anzuvertrauen, bis zu dem Tage, an dem sie den Stift nicht mehr halten konnte. Auf der letzten Seite richtete sie ihre letzten Worte an ihn:

„Ich bin ein Mensch, der vom Materialismus überzeugt ist. Doch mit einem Male wünsche ich mir ein Paradies. Denn wenn es dieses sogenannte Paradies tatsächlich gäbe, dann würdest du dort auf mich warten, dessen bin ich gewiß. Nichts möchte ich lieber, als dorthin aufbrechen und dich treffen, um für immer bei dir zu sein und mich nie mehr von dir trennen zu müssen. Endlich frei von der Last, daß unsere Liebe das Leben eines anderen zerstören könnte, und frei von der Angst, uns und unsere Liebe deswegen aufgeben zu müssen."

Ohne ihre Aufzeichnungen hätte ich nie erfahren, zu einer welch tiefen und dauerhaften Liebe meine Mutter bis zum Tage ihres Todes fähig war. Diese Liebe hatte sich, wie sie selbst sagte, unauslöschlich in ihr Herz gebrannt. Ich aber sehe darin mehr als lediglich Liebe, sondern eher ein verzehrendes Leiden, eine Kraft, die stärker ist als der Tod. Gäbe es tatsächlich die ewige Liebe, dann hätte die Liebe meiner Mutter das Maß erschöpft. Dabei hatte sie sich gewiß bis an ihr Lebensende glücklich gefühlt, denn schließlich hatte sie wirklich und aufrichtig geliebt. Und darüber empfand sie nicht das geringste Bedauern.
Inzwischen sind die Körper der beiden, ihre Falten und weißen Haare längst in irgendwelche anderen Stoffe verwandelt. Doch was auch immer aus ihren Körpern wurde, für mich lebt ihre Liebe weiter. Sie hatten sich kein einziges Mal die Hände gereicht und hatten doch beide im anderen den wahren Lebensgefährten gefunden, auch ohne die Anerkennung eines geschriebenen Gesetzes oder der gesellschaftlichen Moral. Ihre Liebe vermag nichts zu trennen. Es mögen unzählige Jahre verstreichen, aber wann immer eine weiße Wolke eine

andere weiße Wolke begleitet, ein Grashalm sich an einen anderen Grashalm schmiegt, eine Welle sich über einer anderen Welle bricht und eine Brise dicht einer anderen Brise folgt, werde ich darin Zeichen ihrer Liebe erkennen.

Als ich diese Aufzeichnungen las, denen sie den Titel „Liebe ist unvergeßlich" gegeben hatte, konnte ich meine Tränen nicht zurückhalten. Es waren bittere, unaufhaltsame Tränen, als wäre diese unglückliche und traurige Liebe mir widerfahren. Entweder war ihre Liebe eine wahre Tragödie, oder aber sie war der schiere Aberwitz. Eines jedoch weiß ich: Eine Liebe wie diese, mag sie noch so schön und bewegend sein, möchte ich nicht erleben.

Ich bringe es nicht übers Herz, ihre Liebe nach Art unserer landläufigen Moralauffassung zu mißbilligen. Der große Schriftsteller Hardy schrieb: „Rufende und Gerufene können nur selten einander antworten." Und so lautet mein einziger Vorwurf: Weshalb haben sie sich nicht die Zeit gelassen, auf den Ruf des anderen zu warten? Zahlreiche ähnliche Tragödien ließen sich vermeiden, wenn wir diese Geduld aufbrächten und uns nicht dazu treiben ließen, uns Hals über Kopf in die Ehe zu stürzen.

Ob auch in einer kommunistischen Gesellschaft Liebe und Ehe weiterhin zwei verschiedene Dinge bedeuten werden? Denn schließlich würde auch sie nichts an der Größe und Weite der Welt und damit an der Hardyschen

Erkenntnis ändern, was natürlich traurig wäre.

Meine Haarspaltereien führen wohl kaum weiter. Denn im Grunde ist jeder selbst für diesen Mißstand verantwortlich. Und das Kleben an den alten Konventionen trägt seinen Teil bei. Nicht zu heiraten, das kommt einer Provokation gleich. Und sogleich setzt das Gerede ein: Man sei nicht ganz richtig im Kopf oder, schlimmer noch, hätte etwas Schändliches zu verbergen; oder man gilt als Exzentriker, der die „normalen" Leute verachtet und sich über die altehrwürdigen gesellschaftlichen Bräuche hinwegsetzt, als Ketzer, der die Klassiker verhöhnt und gegen die Orthodoxie rebelliert. Kurz und gut, die Leute werden alles erdenkliche versuchen, um ein solches Verhalten in ein schlechtes Licht zu setzen. Letzten Endes beugt man sich der Übermacht der Konvention und sucht überstürzt nach einem Ehepartner. Legt sich eigenhändig die Garotte einer Ehe ohne Liebe um den Hals, um später sein Leben lang unter diesem Würgeeisen zu leiden.
Ich bin nun überzeugter denn je und werde fortan auch in aller Öffentlichkeit sagen: Wir sollten uns hierbei nicht um die Meinung der anderen scheren, sondern gelassen abwarten, bis wir einen Menschen gefunden haben, den wir sicher sind zu lieben. Und wenn uns dieses Glück nicht widerfährt, so ist dies noch lange kein Grund, aus Angst vor dem Alleinsein hastig irgendjemanden zu heiraten. Schließlich ist das Alleinleben kein Schrecknis, im Gegenteil, es ist vielmehr lediglich eine

andere Lebensform, in der sich zeigt, daß unsere Gesellschaft und Kultur sich entwickelt haben.

Smaragd

Die Dämmerung sog die letzten Strahlen des Tageslichts wie ein Schwamm ein. Die Geräusche der Stadt erstarben. Schließlich lag sie starr und still wie ein flacher Topf mit Porridge-Brei. In den Häusern war es schon so dunkel geworden, daß nur noch die glimmenden Moskitospiralen in den Ecken entrückte rote Feuerzeichen gaben.

Die Abendbrise fuhr in die blaßfarbenen Chintz-Vorhänge und ließ die Fensterscheiben erzittern. Diese klapperten selbst an windstillen Tagen; es genügte, daß Leute vorbeigingen. Denn es war ein altes Haus mit düster modrigen Mauern und Rissen in den Planken des Holzbodens, den Frau Lu solange mit Wachs bohnerte, bis er endlich glänzte. Man stieß sich an den knorrigen Mahagonimöbeln, und die Fenster waren wie in einer Kirche schmal, hoch und mit Rundbögen versehen.

Durch die Fenster im Obergeschoß konnte Lu Beihe einen alten, großblättrigen Walnußbaum, einen Holzapfelbaum und zwei alte japanische Pinien sehen, die nie zu

wachsen schienen. Sie waren seit ihrer Ankunft vor mehr als zwanzig Jahren nicht größer geworden.Und doch schienen sie gealtert zu sein. Bäume altern eben nach dem Wachstum genauso wie Menschen.
Im Sommer filterten der Walnuß- und Holzapfelbaum die stechenden Sonnenstrahlen und schirmten das häusliche Leben von neugierigen Blicken ab. Zwar verloren sie im Winter ihre Blätter, aber wer stellt sich schon in den eisigen Wind, um das Leben anderer Leute auszuspähen?
Die grauen Ziegelwände des Anwesens waren von Kletterpflanzen überwuchert, die sogar in die Fenster vorgedrungen waren, so daß diese alten, moosbewachsenen Brunnenlöchern ähnelten, aus denen nur noch wenige Menschen ihr Wasser schöpfen – ebensowenige, wie die Zuo-Familie Besucher zählte. Bevor Beihe in diese Familie eingeheiratet hatte, waren offensichtlich häufiger Gäste gekommen. Im Umgang mit Freunden verließ sich Beihe auf bestimmte eingefleischte Grundsätze, etwa immer eine gewisse Distanz zu wahren. Diese Grundsätze hatte sie sich sehr früh erworben, denn sie kam aus einer Familie, die das Elend der Welt hatte kennenlernen müssen. Deshalb liebte sie die Düsternis und Schwermut dieses alten Hauses. Es hatte schon Zuo Weis Vater gehört. Die zehn turbulenten Jahre der Kulturrevolution hatte es unversehrt überstanden, weil der Vater nicht nur in China, sondern auch im Ausland bekannt war. Das hatte ihn geschützt.
Sie und ihr Mann hätten eine eigene Wohnung beantragen können, aber das wollte sie nicht. Es ging ihr dabei

nicht um die Kosten. Vielmehr widerstrebte es ihr, Mühe auf die damit verbundenen Probleme zu verwenden.

Beihe erhob sich und schaltete die 08/15-Lampe neben dem Sofa ein. Ihr grüner Schirm warf eine kleine Lichtinsel, und Beihe begab sich zu einem anderen Sofa.
Seit dem Abendessen schon saß sie bewegungslos da, allein, und grübelte über einem Problem.
Zuo Wei war zum Bahnhof gegangen, um ihren Sohn zu verabschieden. Aber auch wenn er zu Hause gewesen wäre, hätte sie ihm ihre Gedanken nicht offenbart. Er hätte ihr ohnehin nicht mit einer klaren eigenen Einschätzung zur Hilfe kommen können. Beihe lächelte.
Wann wäre ihr Sohn so weit, ihr die Führung der Familie abnehmen zu können? Aber er glich ihr überhaupt nicht. Er war ein echter Zuo, doch entsprach er nicht einmal der Charakterfestigkeit seines Vaters Zuo Wei, als dieser noch jung war. Anders als andere Frauen ließ sie nicht zu, daß ihre Liebe für Mann und Sohn den Blick auf deren Fehler und Schwächen verstellte.
Sie ergriff einen Palmblattfächer und wedelte sich langsam Luft zu, während sie mit gemischten Gefühlen an Zuo Wei und ihren Sohn dachte.
Vielleicht waren junge Leute heute einfach anders als zu ihrer Jugendzeit. Sie handelten impulsiv, bedachten selten die Folgen für andere oder die politischen Konsequenzen. Sie schienen in den Tag hinein zu leben, ohne einen Gedanken an morgen zu verschwenden.
Xiangdong war politisch unreif, er hatte sich noch nicht

einmal um die Aufnahme in die Jugendliga beworben. Sie hatte ihn schon oft dazu gedrängt, hatte ihn nahezu auf Knien angefleht.
Stets antwortete er: „Okay Mama, ich werde einen Antrag schreiben."
„Zeig ihn mir, wenn du fertig bist."
„Ja, ja."
Es verging ein Monat, ohne daß etwas geschah. Doch wenn sie ihm zusetzte, würde er bestimmt die Beherrschung verlieren. Sie war versucht, den Antrag selbst aufzusetzen. Aber er müßte ihn dann doch selbst einreichen – schließlich konnte sie dies nicht an seiner Stelle tun oder gar selbst den Eid unter der Fahne der Jugendliga ablegen.
Es war zwar seine persönliche Angelegenheit, wenn er der Liga nicht beitreten wollte. Aber was würden die anderen denken? Zum Beispiel ihre Kollegen im Forschungsinstitut. Würden sie nicht sagen, das sei aber eine armselige Stellvertretende Parteisekretärin und Stellvertretende Institutsdirektorin, die ihren eigenen Sohn nicht anständig erziehen konnte?
Und wenn er weder der Jugendliga noch der Partei beiträte, so hätte dies schwerwiegende Folgen für seine zukünftige Arbeitszuweisung und die Möglichkeit eines Auslandsstudiums. Doch über solche Dinge zerbrach der Junge sich nicht den Kopf. Und sie konnte auch nicht allzu deutlich werden, sonst würde er aufspringen und empört rufen: „Das ist also der wahre Grund, weshalb ich unbedingt Mitglied werden soll!" Er verlöre jeden Respekt vor ihr.

In diesem Sommer fuhr er mit einigen Klassenkameraden in die Ferien nach Yunnan, und Zuo Wei hatte ihm eine Fahrkarte für den Liegewagen gekauft. Seine Kameraden reisten jedoch auf Holzsitzbänken. War es denn nötig, daß er als einziger im Liegewagen fuhr?
Es dauerte sie dabei nicht das Geld. Geld war für die Familie Zuo kein Problem. Aber sie sollten es nicht für so etwas ausgeben, denn das käme dem Eingeständis gleich, sie wären bürgerliche Intellektuelle oder stammten aus einer der dekadenten Familien der Bourgeoisie – man hatte sie niemals ihre Klassenherkunft vergessen lassen. Und wer konnte versichern, daß es keine weiteren politischen Kampagnen geben würde? Zwar hieß es, eine Wiederholung der „Kulturrevolution" wäre unmöglich, aber viele Ultralinke würden sie nur zu gerne unter anderem Namen wieder auferstehen lassen. Wer auch nur einen Funken politisches Gespür besaß, mußte es so wie sie machen: Ginseng oder Schwalbennester nur im trauten Heim zubereiten, vor der Außenwelt verborgen. Das war vernünftig angelegtes Geld.
Die Haushälterin, die sie ausgewählt hatte, war vollkommen verläßlich. Zwar zahlte sie ihr mehr als üblich, aber dafür hatte Frau Lu noch nie ein Wort über die Vorgänge im Haushalt nach außen getragen, nicht einmal während der „Kulturrevolution".
Weil sie so verschlossen und abweisend war, verglich Zuo Weis Mutter sie häufig mit einer Ziegelmauer. Ein guter Vergleich.
Sie steckte nicht mit den anderen Haushälterinnen die

Köpfe zusammen, die das Baby ihrer Herrin in den Schatten eines Baumes oder einen sonnigen Fleck am Fuß einer Mauer trugen, nur um über die Gepflogenheiten und Schwächen ihrer Arbeitgeber zu tratschen.

Wenn man ihr nichts mitteilte, drängte sie auch nicht mit Fragen und stellte sich taub gegenüber dem, was in ihrer Gegenwart erzählt wurde. Kamen Besucher in Abwesenheit der Familie, so gab sie nicht preis, wohin sie gegangen waren. Nicht einmal den häufigen Gästen, die sie schon zahllose Male mit Tee oder Speisen bewirtet hatte. Sie behandelte sie dann wie Fremde. Wenn die Besucher sich darüber beschwerten, lächelte Beihe nur.

Frau Lu war also nicht eine einfache Haushälterin, sie war ein Juwel. Ganz anders als ihre Vorgängerin, die über alles geplappert hatte, statt sich um die eigenen Angelegenheiten zu kümmern. Bald nach ihrer Hochzeit hatte Beihe einen Vorwand gefunden, damit Zuo Wei sie entließ. Die Frau hatte beim Abschied Beihes Hand umklammert und geweint, wodurch Beihe sich so unwohl fühlte, daß sie sie zur Haltestelle des Fernbusses begleitete.

Beihe und Zuo Wei hatten nur diesen einen Sohn. Auch Zuo Wei war ein Einzelkind gewesen.

Ihr Sohn Xiangdong kam erst nach vielen Ehejahren zur Welt. Ehe es soweit war, hatte ihre Schwiegermutter ihren flachen Bauch solange mit Blicken gestraft, bis sie sich nach Schwangerschaft sehnte.

Sie erkannte den Verdruß in den Augen der alten Frau Zuo. Bedauerte die alte Dame, daß ihr Sohn nicht doch

Zeng Linger geheiratet hatte?
Wenn dies zutraf, weshalb hatte sie dann Lingers Liebe zu Zuo Wei mißbraucht und sie an seiner Statt das Kreuz einer „Rechten" auf sich nehmen lassen? Warum hatte sie zugelassen, daß Linger an die ferne Grenze verschickt wurde, während er zu Hause blieb? Und nun tat die Familie Zuo, als hätte es Linger niemals gegeben. Diese Heuchler!
Xiangdong war ihr Augapfel. Aber das hieß nicht, daß er verhätschelt werden sollte. Er sollte lernen, politisch fest auf eigenen Beinen zu stehen. Denn nur dies zählte wirklich.
Wenn der Junge verreiste, kauften ihm ihr Mann oder die Schwiegereltern immer ein Liegewagenbillet. Sie verwöhnten ihn, ohne sich darum zu kümmern, ob er etwa wußte, wie die Mitglieder des Staatsrates hießen oder wieviele Stellvertretende Ministerpräsidenten China hat. Sie setzen in ihrer Erziehung völlig falsche Schwerpunkte.
Sie seufzte und heftete ihre Augen auf ein großes Foto an der Wand. Sie drehte den Lichtkegel, bis er auf das Bild fiel. Es war ihr Hochzeitsfoto.
Sie wandte ihren Blick nicht ab und erinnerte sich dabei an die Feststellung vieler Bekannter, sie und ihr Mann seien einander sehr ähnlich. Inwiefern? Niemand hatte es bisher erklären können.
Er hatte eine lange, gerade Nase, kühn geschwungene Augenbrauen und blitzende Augen. Sein hageres Gesicht mit den scharfgeschnitten Zügen hinterließ den

Eindruck von Charakterfestigkeit.
Ihre Augen hingegen wirkten verschmitzt wie die eines lächelnden Buddha und schienen ihre Gedanken eher zu verbergen. Die knubbelige Nase und das runde Gesicht ließen sie liebenswert aussehen.
Auch ihr Temperament unterschied sich sehr.
Im College war Zuo Wei ein sozialer Aktivist gewesen. Als Vorsitzender des Studentenkomitees organisierte er Frühlingsausflüge, Sportveranstaltungen im Herbst, Unterhaltungsabende und gesellige Treffen mit den sowjetischen Studenten. Er hatte auch bei der städtischen Feier zum Gedächtnis der 4. Mai-Bewegung von 1919 eine Rede gehalten ..., kurz, er tat sich bei allen wesentlichen Anlässen hervor.
Er kleidete sich fesch und gut, ohne den Bogen zu überspannen.
So hübsch und begabt er war, so blieben seine akademischen Leistungen doch nur Mittelmaß. Vielleicht fraßen seine sozialen Tätgikeiten zuviel Zeit.
Sie erinnerte sich, wie ein Filmstudio einst vorhatte, einen Film über das Studentenleben zu drehen. Sie suchten in verschiedenen Colleges nach Darstellern; schließlich bat der Regisseur Zuo Wei, die Hauptrolle zu spielen. Die meisten jungen Leute wären bei einem solchen Angebot in die Luft gesprungen, aber er lehnte ab. Nach dem Grund gefragt, lächelte er lediglich und schwieg. Nur Beihe wußte, daß seine Familie dagegen gewesen wäre. Dies hat er allerdings weder ihr noch irgend jemand anderem anvertraut.

Zu jener Zeit kannten sie sich noch nicht sehr gut. Wenn sie kurze Worte wechselten, dann über das Studium. Obwohl er so flott und gefällig war, gab sich Zuo Wei kaum mit Mädchen ab. Wahrscheinlich war Zeng Linger die einzige, die er jemals geliebt hatte – wenn man dies überhaupt Liebe nennen konnte. Denn eigentlich war er unfähig zu lieben. Diese Eigenheit scheint manchen Menschen angeboren zu sein, sie ist nicht unbedingt Ergebnis längeren Zweifelns und Haderns. Deutlich gesagt: Als er schließlich Beihe heiratete, war es, als lese er irgendein Mädchen von der Straße auf.

Sie selbst war auch nur eine durchschnittliche Studentin gewesen. In der Oberschule war sie Sekretärin der Jugendliga-Abteilung, im College Parteisekretärin ihres Jahrgangs. Zu jener Zeit waren so wenige Studenten in der Partei, daß es für einen ganzen Jahrgang jeweils nur eine Parteigruppe gab. Mittlerweile war sie Stellvertretende Institutsvorsitzende und Vizesekretärin ihrer Parteisektion. Vermutlich würde sie ihr ganzes Leben lang eine Parteisekretärin bleiben. Jahrelang hatte sie beobachtet, wie andere nach oben getragen oder gestürzt wurden – wie auf einem sich rasend schnell drehenden Karussell. Nur sie hatte niemals besonders geglänzt, war aber auch niemals wieder ins Dunkel verbannt worden.

Es war wirklich seltsam: Nie verriet sie, daß sie aus einer wohlhabenden Familie kam, auch wenn man sie noch so argwöhnisch beobachtete.

Seit den fünfziger Jahren hatte sich die Frauenmode bei

Frisur, Kleidung und Schuhen häufig gewandelt. Sie jedoch trug unverändert ihren Bubikopf mit der schlichten schwarzen Haarspange. Ihre Blusen waren ausschließlich blaßblau, blaßgrau oder weiß, mit Revers und zwei großen Brusttaschen. Dazu trug sie dunkelblaue oder dunkelgraue Hosen und schwarze Lederschuhe. Während ihrer Collegezeit hatte sie die Sohlen mit Gummi verstärkt.

Bei Zusammenkünften verhielt sie sich so unauffällig wie möglich, indem sie auf einer der hinteren Reihen oder einem Eckplatz saß. Unter halbgesenkten Augenlidern verfolgte sie schweigend das Geschehen. Wenn sie gebeten wurde, sich doch nach vorn oder auf einen sichtbareren Platz zu setzen, lehnte sie bescheiden lächelnd ab: „Ich sitze gut hier. Beeilt euch und fangt mit der Tagesordnung an." Sie hämmerte sich beständig ein, nur die Nummer Zwei zu sein. War Nummer Eins aus irgendeinem Grunde verhindert, überließ sie einem anderen den Vorsitz.

Wenn ihr jemand Bericht erstattete, hörte sie konzentriert zu, richtete ihren Blick voll auf das Gesicht des Sprechers und schweifte niemals mit den Gedanken ab. Von Zeit zu Zeit würde sie vielleicht nicken oder auch teilnahmsvoll oder erstaunt ausrufen: „Wirklich?" Zu guter Letzt ergriff sie die Hand des Besuchers, brachte ihn zum Tor und wartete dort so lange, bis er außer Sicht war. Wurde sie um eine Gefälligkeit gebeten und war diese nicht allzu heikel, erfüllte sie die Bitte so gut und rasch wie möglich.

Welche Ähnlichkeit bestand also zwischen Zuo Wei und ihr? Warum wurde immer wieder auf diese Ähnlichkeit hingewiesen? Und warum konnte niemand sagen, worin diese Ähnlichkeit liegen sollte?
Verflixt, worin bloß waren sie sich ähnlich?

Als sie Schritte auf den Stufen vernahm, wußte sie, daß Zuo Wei zurückgekehrt war.
„Hat er den richtigen Zug erwischt?"
„Natürlich!" Zuo Wei zog sein graues, kurzärmeliges Hemd aus, hängte es über einen Stuhlrücken und schaltete die Deckenbeleuchtung und den Ventilator an. Der Raum war nun hell erleuchtet. Er fragte: „Warum bist du nicht nach unten gegangen und siehst fern? Heute abend wird ein Fußballspiel übertragen." Beihe nahm das nachlässig hingehängte Hemd und trug es zum hölzernen Kleiderdiener in der Ecke. „Mutters Herz hat mal wieder verrückt gespielt, deshalb wollte ich sie nicht stören." Sie verschwieg, daß sie ihre Ruhe haben wollte, um nachdenken zu können.
Zuo Wei war ein braver Sohn. Seine Geburt war schwierig gewesen, ein Kaiserschnitt. Heutzutage war dies kein großes Problem, aber damals war die medizinische Versorgung so kläglich gewesen, daß die Gesundheit seiner Mutter darunter gelitten hatte. Wann immer sie von Schmerzen und Zipperlein geplagt wurde, fühlte sich Zuo Wei irgendwie schuldig. Es war einerlei, ob sie gerade Schwierigkeiten miteinander hatten, wenn seiner Mutter unwohl war, verlor er kein Wort über den Streitpunkt.

Beihe verstand diese Einstellung.
Zuo Wei blickte sie lächelnd an. Sein Lächeln war noch genauso gewinnend wie früher. Dabei zerschmolz ihr Herz – wie damals, als sie noch ein junges Mädchen war.
Sie holte seine Hausschuhe aus dem Schlafzimmer. „Wie erhitzt du aussiehst", bemerkte sie. „Ich werde hinuntergehen und dir eine Flasche Bier bringen."
Als sie an ihm vorbeiging, ergriff er ihre Hand. „Laß mich gehen."
„Du bist doch eben erst zurückgekommen. Du brauchst Erholung. Ich mache das." Sacht entzog sie ihm ihre Hand.
Im Erdgeschoß brannte noch Licht in dem Raum, der nach Süden geöffnet war. Also war die alte Dame vielleicht doch nicht eingeschlafen. Beihe klopfte an die Tür.
„Herein!" Die Stimme ihrer Schwiegermutter brachte es fertig, träge und herrschsüchtig zugleich zu klingen.
Beihe öffnete behutsam die Tür und sah, wie die alte Dame sich gegen das Bettgestell rekelte, die Augen geschlossen.
„Fühlst du dich besser, Mutter?" fragte sie sanft.
„Ach, du weißt doch, wie es mir ergeht. Ist Donger weg?" Die alte Frau Zuo nannte ihren Enkel niemals Xiangdong.
„Ja. Willst du eine deiner Tabletten?"
Diese Tabletten hatte sie im vergangenen Jahr während einer Forschungsreise in Japan gekauft. Sie galten als

ein wirkungsvolles Mittel gegen Angina pectoris. Sie hatte all ihre japanischen Devisen darauf verwandt und konnte schließlich nichts mehr für Xiangdong kaufen, der deswegen mit den Füßen stampfte und vor Wut kochte: „Du hättest mir wenigstens einen Walkman mitbringen können. Niemand außer dir hätte die Chance verpaßt, so etwas zollfrei einzukaufen!"
„Aber du hast doch einen großen Kassettenrecorder, nicht wahr?"
„Den kann ich doch nicht bei Ausflügen mitnehmen."
Daraufhin hatte sie ihren unvernünftigen Sohn mit einem strengen Blick bestraft.

„Ich mag diese Tabletten nicht", lautete die eisige Antwort der alten Dame. „Hast du denn nicht die Zeitung gelesen? Die Japaner verwenden für ihre Pillen nicht Bärengalle, sondern die Gallenblase von Schweinen."
Beihes Stimmung sank. Aber sie sagte: „Ja, sie sollten in der Medizin nicht solche Ersatzmittel verwenden. Nimm die Tabletten nicht mehr. Solltest du noch etwas benötigen, so bitte Frau Lu, uns zu holen." Sie schob die Klingel auf dem Bettschränkchen näher in die Reichweite der alten Dame. „Ich hole gerade Zuo Wei ein Getränk. Möchtest du auch etwas?"
„Nein."
„Wo ist Papa?"
„Er liest in seinem Studierzimmer. Kümmere dich nicht um ihn. Er soll sich selbst etwas zu trinken holen."
„Ja. Und nun schlaf gut."

Die alte Dame schloß ihre Augen mit einem kaum wahrnehmbaren Nicken. Beihe zog sich zurück, schloß behutsam die Tür hinter sich und atmete tief ein, als wäre zuwenig Sauerstoff im Zimmer gewesen.
Alle Familienmitglieder der Zuos waren leicht reizbar. Die alte Dame mochte sie nicht. Nicht daß sie jemals in scharfem oder gar wütendem Ton zu ihr sprach, aber Beihe spürte ihre tief verwurzelte Abneigung.
Es war nicht leicht, ihre Schwiegertochter zu sein.
Doch Zuo Wei hatte sie trotz des Widerwillens der alten Dame geheiratet. Seine Mutter würde nun bald 73 Jahre. Man sagte gemeinhin, daß das 73. und 84. Lebensjahr viele Gefahren und Fallstricke für die alten Leute berge. Sie fragte sich, was daran wohl wahr sei.
Frau Lu trat aus ihrer Kammer und blickte Beihe fragend an. Die hervortretenden Backenknochen betonten übermäßig ihre obere Gesichtshälfte.
„Ist schon in Ordnung, Frau Lu. Gehen Sie ruhig zu Bett, ich erledige das." Beihe öffnete die Glastür der Vitrine und nahm einen geschliffenen blauen Becher heraus.
Frau Lu verschwand geräuschlos wie ein Schatten.
Dann entnahm Beihe dem Kühlschrank eine Flasche Bier und einige Eiswürfel.
Obwohl viele Leute meinten, sie und Zuo Wei wären sich sehr ähnlich, fanden andere aber auch, daß sie schlecht zueinander paßten, und wunderten sich, wie sie dem Anschein zum Trotz dennoch gut miteinander auskamen. Der Grund dafür war sehr einfach. Wenn sie geschlagen werden, halten selbst sehr scheue und sprunghafte Tiere

still und schließen die Augen. Dies traf ebenso auf Männer zu. Sie hatte Zuo Wei in einer schwachen Verfassung eingefangen. Es war ihr nicht etwa mit ihren körperlichen Reizen gelungen, sondern weil er sie zu jener Zeit brauchte. Wie ein Schauspieler hatte er vorgegeben, sich Hals über Kopf in sie verliebt zu haben, und sie hatte vorgegeben, davon gerührt zu sein. Seitdem hielten sie diesen Schein aufrecht – bis sie selbst daran glaubten oder der Schein zur alltäglichen Gewohnheit geworden war. Das war des Pudels Kern.

Beihe stellte Flasche, Eiswürfel und Glas auf ein Tablett, das sie langsam treppauf trug. Sie überlegte, wie sie Zuo Wei erklären könnte, was sie schon den ganzen Abend bewegte. Sollte sie schweigen? Das wäre keine Lösung. Irgendwann würde er doch dahinterkommen. Aber was wäre, wenn er die Beherrschung verlöre und sich weigerte, mitzuspielen? Dann wäre ihre wohlbedachte Planung für die Katz gewesen. Wie sollte sie das Thema anschneiden und zum Punkt kommen, ohne ihn Gesicht verlieren zu lassen?

An jenem Nachmittag während der Tagung in der Stadt E, die der Planung zur Versuchsherstellung eines neuartigen Computers diente, wurde es, nicht zuletzt dank Beihes Einsatz, entschieden: Zeng Linger sollte aufgefordert werden, in der Softwaregruppe des Projekts mitzuarbeiten.
Es hatte sich schon herumgesprochen, daß Zuo Wei die-

se Gruppe leiten sollte. Zwar war es nicht offiziell bekanntgegeben worden und mußten dabei noch bestimmte Instanzenwege eingehalten werden, aber die Entscheidung schien bereits gefällt.

Beihe kannte ihren Mann besser als alle anderen, ihn selbst eingeschlossen. Er besaß zwar Selbstvertrauen, doch was hätte er schon ohne ihre Unterstützung und ohne ihr Wirken hinter den Kulissen erreichen können? Aber das durfte sie ihn auf keinen Fall spüren lassen.

Bereits im College hatte sie seine Schwächen gesehen, doch nicht erkannt, daß er schlichtweg unfähig war.

Liebe!

Sie besaß ausreichend Vernunft, Instinkt und Kraft, um allen Versuchungen zu widerstehen und sich zu schützen. Aber in ihrer Liebe zu Zuo Wei war sie einfach hilflos. Offensichtlich mußte jeder eine solche schwache Stelle aufweisen.

Es freute sie ebenso wie es sie ängstigte, daß Zuo Wei diese Forschungsgruppe leiten würde. Sie befürchtete, seine Inkompetenz könnte zum Vorschein treten; und sie freute sich, weil dies ein respektabler Abschluß seiner Karriere wäre. Irgendwie mußte es ihm gelingen, bis zu seiner Pensionierung bei der Stange zu bleiben und sich durch diese Arbeit zu schlängeln. Allerdings wußte sie, daß man ihn dieser Aufgabe nicht gewachsen glaubte. Und man sagte durch die Blume, er wäre ohne eine Ehefrau mit ihrer Stellung nicht weit gekommen.

Diese Chance, die sich Zuo Wei bot, durfte sie nicht versäumen. Sie mußte ihm diese letzte Gelegenheit geben, nach außen zu glänzen. Mit diesem Hintergedanken hatte sie sich skrupellos dafür eingesetzt, daß Linger in das Softwareteam aufgenommen würde.

Linger war im College die beste Studentin ihres Jahrgangs gewesen. Mathematik war ihr Lieblingsgebiet. Deshalb war sie auch die richtige Frau für die Softwaregruppe. Sie könnte die anfallende Tagesarbeit erledigen, während Zuo Wei die formale und repräsentative Leitung innehatte.

Ob sie auch bereit wäre, diese Arbeit anzunehmen, wenn sie wüßte, daß sie mit Zuo Wei würde zusammenarbeiten müssen? Das müßte sie in Verlegenheit bringen ... Außerdem hatte es einigen Widerstand gegen ihre Berufung gegeben. Sollte sie also Vorbehalte geltend machen, käme womöglich ein anderer zum Zuge.

Bei der Tagung hatte jemand geäußert: „Es bestehen keine Zweifel an den Fähigkeiten der Genossin Zeng Linger. Was jedoch ihren Charakter betrifft ..., nun 1979 wurde sie zwar vom Makel, eine 'Rechte' zu sein, befreit; aber ihr Lebensstil ... Bei der Berufung von Intellektuellen müssen wir beides in Betracht ziehen, ihre Fähigkeiten sowie Moral und Charakter ... Ich meine, wir sollten die Dinge auf keinen Fall unbesonnen und übereilt angehen."

Schweigen war eingetreten.

Wer würde sich für Zeng Linger einsetzen? Beihe war die einzige in der Runde, die sie kannte. Aber auch sie hatte nur aus zweiter Hand von ihrem Verhalten seit dem Studienabschluß erfahren.

Linger hatte mehr als zwanzig Jahre in aller Stille und in eine ferne kleine Grenzstadt verbannt als Wissenschaftlerin gearbeitet. Wenn sie nicht ein Thesenpapier über multiple Operationen veröffentlicht hätte, das Anerkennung, ja sogar die Aufmerksamkeit von Computerspezialisten im Ausland gefunden hatte, dann hätten nicht einmal diese wissenschaftlichen Experten je von Zeng Linger gehört, einer ehemaligen Rechten mit einem losen Lebenswandel. Wer konnte verstehen, was es in ihrer Lage, unter derart primitiven Arbeitsbedingungen wohl bedeutet hatte, weiterzuforschen und gar einen wissenschaftlichen Durchbruch zu erzielen?
Für Leute, die nie dort gewesen waren, war jene kleine Grenzstadt lediglich ein Pünktchen auf der Landkarte. Wer interessierte sich schon für einen solch abgeschiedenen Ort und das dortige Leben? Und das gleiche galt für Beihe.
Üblicherweise hätte Beihe sich in einer solchen Situation ruhig verhalten. Dann wäre die Angelegenheit nach kurzem Schweigen vergessen worden, weil niemand den Vorschlag unterstützte oder ablehnte. Wenn sich aber jetzt jemand einsetzte, könnte der Antrag durchgehen.
Beihe ergriff das Wort: „Ich stimme dem zu. Wir benötigen Techniker, die fachliche Fähigkeiten mit politischer Integrität verbinden. Aber es liegt nun schon Jahre zurück, daß Genossin Zeng Linger moralisch gestolpert ist. Mehr als zwanzig Jahre, nicht wahr? Damals war sie noch sehr jung und soeben als ein rechtes Element abgestempelt worden. In jener fremden und fernen Umge-

bung, abgeschnitten von Familie und Freunden, wurde sie vielleicht Opfer ihre Gefühle und ließ sich von jemandem ausnützen ... Aber es war das erste und einzige Mal. Niemand ist vollkommen. Und später hat sie ja eine völlig neue Seite im Lebensbuch aufgeschlagen. Um unsere Modernisierung zu beschleunigen, sollten wir alle positiven Faktoren mobilisieren."

Beihe setzte ihre Worte gefühlvoll, was eigentlich nicht ihrem Wesen entsprach. Es muß ihr zugute gehalten werden, daß sie dies nicht allein im Interesse von Zuo Wei tat. Einerlei, was Linger seit ihrer Trennung von Zuo Wei getan hatte, die Familie Zuo stand in ihrer Schuld. Und auch Beihe.

In diesem Sinne wurde die Angelegenheit entschieden.

•

Die Grillen im Gras zirpten nach der Dämmerung. Die Vorhänge waren nicht ganz zugezogen, so daß Mondlicht durch den Spalt drang und sich schweigend im Raum ausdehnte. Es legte sich zuerst auf den Stuhl, dann auf Zuo Weis Bett und erreichte schließlich Beihes Gesicht, weshalb sie nicht schlafen konnte.

Sie stand nicht auf, um die Vorhänge zu schließen, weil sie wußte, daß auch ihr Mann noch wach lag. Er hatte sich verstohlen schon dreizehnmal umgedreht. Sie wollte ihn nicht wissen lassen, daß auch sie noch wachte, gerade so, als führte sie über die Drehungen seines Körpers

Buch. Aus seinen heimlichen Bewegungen ließ sich schließen, daß auch er sein Wachen verbergen und sie nicht mutmaßen lassen wollte, welche Gedanken ihn vom Schlaf abhielten.

Was war denn so denkwürdig gewesen?
Er hatte ihre Mitteilung äußerst ruhig aufgenommen. Und auch sie hatte ein Pokergesicht bewahrt, sogar im Bett.
Zeng Linger ...
Zuo Wei hatte ihre gemeinsame Affäre schon längst vergessen, hatte sie abgeworfen wie Ballast.
Nun sollte er Linger wieder begegnen. Die Welt war klein.

„Bekenne! Wer war noch an der Verschwörung beteiligt?"
„Gestehe alles ein, dann wird man dich auch milder behandeln!"
Hunderte schrien auf die schattenhafte Figur auf dem Podest ein. Es war wie eine Szene aus der späteren „Kulturrevolution". Beihe fuhr erschreckt aus dem Schlaf empor, wußte nicht, ob die Geschehnisse Erinnerung oder Traum waren.
Linger war damals ein rührendes Unschuldslamm gewesen, so wie sie lächelnd am Pranger stand, den Anfeindungen standhaltend. Später, in der „Kulturrevolution", hätte man sie für eine solche Haltung zu Tode geprügelt. Ihre versunkenen und umflorten Augen waren auf Zuo

Wei gerichtet, der mit hängendem Kopf in einer Ecke saß. Gestehen? Beichten? Sie hatte nur ihn im Kopf, den Mann, den sie liebte. Frohen Herzens würde sie alles für ihn hingeben: ihre politische Zukunft, ihre Karriere, ihre Freiheit und die Wertschätzung der anderen.

„Heraus damit! Wer schrieb die Wandzeitung?"

„Ich war es."

Beihe wußte, daß Zuo Wei der Verfasser war, die Zeichen aber von Linger geschrieben worden waren, da sie als gute Kalligraphin galt. Sie war zufällig in den Arbeitsraum getreten, um ein Buch zu holen, und entdeckte, wie Linger die Zeichen übertrug.

Weil Zuo Wei ein Pseudonym benutzte, konnte sie nun alle Schuld auf sich nehmen.

„Das ist eine Lüge! Zeng Linger verheimlicht etwas."

„Gestehe endlich!"

Aber Linger hatte fortan kein Wort mehr gesagt, hatte sich gegenüber den aufgebrachten Verleumdungen taub und gegen die drohenden Fäuste und die auf sie schießenden Blitzlichter der Kameras blind gestellt.

Später hatte Beihe von einem Redakteur der College-zeitschrift ein Foto erhalten, das Linger bei jener Versammlung zeigte. Sie warf nur einen Blick darauf, dann wandte sie es um und wollte es nie wieder anschauen. Mit Ausnahme der Märtyrerbilder in Kirchen, die sie noch aus ihrer Kindheit kannte, hatte sie nie ein Gesicht mit einem solchen, geradezu sakralen, Ausdruck gesehen.

Jene politische Veranstaltung bedeutete für sie einen

großen emotionalen Schock. Alle Beteiligten waren anwesend – die Augenzeugin, der Sündenbock und der Täter. Beihe hatte Angst, Zuo Wei könnte auf das Podium stürzen, Linger beiseite schieben und sich schuldig bekennen. Dann wäre nicht nur er am Ende gewesen. Auch sie hätte in die Affäre verstrickt werden können.

Glücklicherweise hatte er nicht seine Beherrschung verloren, hockte nur mit niedergeschlagenen Augen da und unterließ jede Torheit, die die Sache ohnehin nicht verbessert hätte.

Er war kaltherzig und grausam gewesen.

Linger stand auf dem Podest wie eine zarte Blume, die vom rauhen Sturm zerzaust wird und sich dabei noch bemüht, Zuo Wei vor Wind und Regen zu schützen.

Er war verachtenswert gewesen.

Seine Mutter hatte Beihe aufgespürt, die damals Sekretärin ihrer Parteisektion war. „Er ist mein einziger Sohn", hatte sie gesagt. „Er ist nur halsstarrig, wissen Sie, und in seinen Reden ein wenig unbedacht."

Beihe sollte also schweigen. Zwar hatte ihr das Parteikomitee des College eine Quote von zu entlarvenden „rechten Elementen" zugeteilt, aber diese Rate zu erfüllen, war leichter, als etwa ein Buch zu lesen oder ein mathematisches Problem zu lösen. Und sie liebte Zuo Wei, seit fünf Jahren schon, immer in der Hoffnung auf eine Gelegenheit, ihn einzufangen. Aber dann hatte Linger ihn ihr weggeschnappt.

Hatte Beihe damals Frau Zuo gebeten, sich um Linger zu kümmern? Sie konnte sich nicht mehr an ihre Worte erinnern. Hatte die alte Dame mit Linger gesprochen? Beihe wußte es nicht, und Zuo Wei vermutlich auch nicht. Nur seine Mutter und Linger selbst konnten diese Frage beantworten. Die Affäre wurde zu den Akten gelegt, nachdem man Linger zur „Reaktionärin" gebrandmarkt hatte.

War Beihe mutig genug, um in die Stadt E zu fahren? Zuerst wollte sie gar nicht an dieser Tagung teilnehmen, da sie eigentlich durch viel Arbeit ans Institut gebunden war. Aber sie mußte gehen, um Linger zu überzeugen, an dem Projekt mitzuarbeiten.
Was sollte sie sagen, wenn sie sie nach so langer Zeit wiedersah? Würde sich Linger verändert haben? Gewiß, nach all ihren Erfahrungen und Erlebnissen. Doch wenn sie noch so klug und überlegt wie früher war, dann wäre alles weit einfacher.
Plötzlich erinnerte Beihe sich an das Sportfest im ersten Collegejahr. Einer der Wettbewerbe für die Mädchen war das Sitzbeugen. Während alle anderen etwa zweihundert Auf-und-Abs hinter sich brachten und dann aufgaben, turnte Linger von neun Uhr bis elf Uhr durch und weigerte sich, aufzuhören, obwohl sie längst als sichere Gewinnerin feststand. Der Direktor ging persönlich zu ihr und sagte: „Das reicht, hören Sie auf!" Aber sie fuhr fort, als hätte sie ihn nicht gehört. Der Direktor, der Leiter der Sportabteilung und der Arzt des College flatterten ängstlich um sie herum. Erst nach vierhundert Sitzbeugen gab sie auf und lag bewegungslos auf der Matte,

die Lippen violettblau.
Einer der männlichen Studenten meinte, ihre Bauchmuskulatur müsse hart wie eine Stahlplatte sein.
Auf diese Weise kam sie zu dem Spitznamen „Stahlplatte".

Immer wieder fragte sich Zuo Wei, ob er noch in Lingers Schuld stünde. Ob er auch alles Menschenmögliche versucht hätte.
Nachdem er sich diese Fragen zur eigenen Zufriedenheit beantwortet hatte, wäre es nun an der Zeit gewesen, endlich einzuschlafen, doch er war zu erregt.
Es hieß, daß Linger vor langer Zeit moralisch „gefallen" sei. Bald nach ihrer Abreise in die Ferne hatte sie einen Sohn geboren, einen Sohn ohne Vater.
Zuo Wei hatte diese Nachricht mit gemischten Gefühlen aufgenommen. Wie konnte sie ihn nur so schnell vergessen? Sie hatte doch ihm gehört. Aber zugleich fiel ein Stein von seinem Herzen – ihre Schuld erlöste ihn von seiner Schuld.
Aber seltsam, oft nachdem er mit Beihe geschlafen hatte und noch die Wärme ihres Körpers spürte, oder wenn er mit Xiangdong gespielt hatte und noch das Glucksen und Jauchzen des Kindes in seinen Ohren lag, da fühlte er sich urplötzlich beunruhigt und aus der Fassung gebracht. Diese jähen Stimmungswechsel trieben Beihe und Xiangdong zur verwirrten Frage: „Stimmt etwas nicht?"
Was stimmte nicht?

Das war sein Geheimnis. Wenn er weiterhin komfortabel leben wollte, von allen respektiert, dann durfte er dieses Geheimnis niemals preisgeben.
In seiner Phantasie und seinen Träumen tauchte häufig Lingers Sohn auf, um gleich wieder zu verschwinden, so wie der Geist vom Hamlets Vater.
Eine phantastische, bedrängende Ahnung stieg in ihm auf. Könnte es mein Kind sein? Doch dann tröstete er sich stets mit der Überlegung: Unmöglich, wir haben doch nur eine Nacht zusammen verbracht. Wäre er mein Sohn, hätte sie es mich sicher wissen lassen. Sie schwieg, weil sie sich schämte einzugestehen, daß nicht ich der Vater bin.
Er schuldete Linger also rein gar nichts.
Gleich nach ihrer Brandmarkung als Reaktionärin war Zuo Wei zum zuständigen Abteilungsleiter gegangen, um ihn zu bitten, ein Leumundszeugnis für die Hochzeitsregistrierung auszustellen.
„Lassen Sie sich nicht von Ihren Gefühlen verleiten, Zuo Wei", hatte ihn der Funktionär gewarnt. „Es ist angebracht, daß Sie jetzt eine klare Trennungslinie zwischen sich und Zeng Linger ziehen: Sie sollten vollkommen mit ihr brechen. Statt dessen denken Sie sogar an Heirat. Haben Sie sich die Folgen einmal vor Augen gehalten? Man würde Sie aus der Jugendliga ausschließen. Und man würde auch Sie an die Grenze verschicken, weit weg von Ihren Eltern, wo Sie dann vielleicht den Rest Ihres Lebens verbringen müssen."
„Sie brauchen mir das nicht zu sagen." Er hatte sich die

Ohren zugehalten. Er wußte, was auf ihn zukäme. Aber Linger hatte sein Leben gerettet, das mußte er vergelten. „Bitte schreiben Sie mir die Empfehlung. Ich bitte Sie darum."

Seltsam – nachdem er nun das Empfehlungsschreiben in der Tasche hatte, das Schreiben, das ihn eng an Linger binden, das seinen Mut und seinen Charakter beweisen sollte – da wurde er schwankend und taumelnd, eine schmerzende Leere im Herzen.

Er hatte geglaubt, daß nun seine Liebe zu Linger noch stärker werden würde. Statt dessen war in dem Augenblick, in dem er das Schreiben endlich in der Hand hielt, jede Spur der früheren Liebe verflogen.

Er hämmerte sich ein, daß Linger sein Leben gerettet hatte, daß er ihr alles schuldete. Aber er liebte sie nicht mehr. Bei dieser Erkenntnis wurden seine Knie weich und brach ihm kalter Schweiß aus.

Er suchte einen stillen Platz im Pinienwald hinter dem Campus und dachte nach, versuchte sich einzureden, daß alles nur ein flüchtiges Wahngebilde, eine geistige Verwirrung wäre. Unzählige Menschen litten unter den merkwürdigsten Wahnvorstellungen, warum sollte es nicht auch ihn ereilen?

Die Sonne versank. Dunkelheit ruhte über dem Wald. Das Grab eines längst vergessenen Ahnen lag dort wie ein sphinxhaftes, riesiges Tier, das friedvoll schläft, einen Bewohner bewachend, der längst schon zu Staub zerfallen war. Ein großer Grabwall, ein leerer Sarg und das Seufzen der Pinien im Wind war alles, was verblieb.

Zuo Wei begriff nun, daß es keine vorübergehende Wahnvorstellung war. Seine Liebe war tot, sie hatte einen grausamen Tod erlitten. Er konnte also lediglich versuchen, sein reines Gewissen zu bewahren.

Er beruhigte sich, lobte sich für sein Verhalten. Andere hätten sie an seiner Stelle verlassen.

Als Linger die Heiratsempfehlung entfaltete, streichelte sie mit ihren schmalen Fingern das Papier, so wie sie auch schon seine Augenbrauen und Lippen gestreichelt hatte.

Als er sie in die Arme nahm, fühlte sie sich wie im Traum. Sie berührte ihn immer wieder, als wollte sie sich vergewissern, daß es ihn wirklich gab und daß er sie liebte.

Aus dem gleichen Gefühl heraus senkte sie schweigsam ihren Blick auf das Blatt Papier und strich sanft darüber hin. Doch dann tropften dicke Tränen darauf. Zuo Wei nahm es hastig fort und trocknete ihre Tränen mit seinem Taschentuch. „Paß auf, du verschmierst noch das Dokument."

„Verzeih, es kam einfach so. Ich ... ich bin zu glücklich. Ich weiß nicht, wie ich dir danken soll ..."

Dies hätte ein vollkommener und erfüllter Tag sein sollen. Aber sie hatten sich, so von Angesicht zu Angesicht, einfach nichts zu sagen!

Er fuhrwerkte herum und plapperte darauf los, weil er die leere Stille mit ihr fürchtete.

„Was hältst du von diesem Stoff? Am besten machst du daraus ein Kleid. Mit einem tieferen Rückenausschnitt, damit dein schön geschwungener Nacken zur Geltung kommt. Oder noch besser: Du trägst ein schwarzes Samtband mit einem Jadeanhänger. Weißt du überhaupt, daß du einen ganz süßen Schwanenhals hast? Wenn du das Kinn hebst, dann gleichst du einer Prinzessin, so wunderschon ist die Halslinie."

Warum faselte er bloß so?

„Hast du diesen hübschen Stoff selbst für mich ausgesucht?"

„Klar, ich war sogar in mehreren Läden."

„Danke! Aber ich bin keine Prinzessin, sondern die Tochter eines einfachen Fischers."

Zuo Wei war frustriert. Doch er erhob sich, um aus dem Schrank ein Paar cremefarbener Schuhe mit niedrigen Absätzen zu holen. „Probier' sie einmal an. Ich habe flachere Absätze ausgesucht, weil du auch so schon groß genug bist. Stell dir vor, wie ein Mann sich fühlen muß, der seine Frau nur auf Zehenspitzen küssen kann!" Er lachte fast grölend.

Linger machte keine Bewegung, sie saß wie erstarrt.

Zuo Wei nahm einen Schuh und ließ sich vor ihren Füßen nieder: „Weißt du, daß viele Männer auch nach mehreren Ehejahren noch nicht die Schuhgröße ihrer Frau kennen? Aber ich weiß es! Bin ich nicht der ideale Ehemann?"

Linger hielt ihn davon ab, ihr die Schuhe auszuziehen. Sanft bat sie: „Küß mich . . ."

Er zögerte eine Sekunde lang, nur eine einzige Sekunde. Vielleicht, weil seine Gedanken immer noch bei den

Schuhen waren.

Dann erhob er sich und beugte sich über sie. Lingers Augen, die sich seinen näherten, blickten furchtsam. Er wich ihnen aus, weil er nicht darüber nachdenken wollte, wovor sie sich fürchtete. Flüchtig küßte er ihren Mund. Sie hatte einen fauligen Mundgeruch. Die schlechte Ernährung und der Schlafmangel hatten offenbar ihrer Gesundheit geschadet.

„Soll ich dir eine Tasse Kaffee machen?" bot er an.

„Nein, geh nicht weg!" Sie schrie auf, als wollte er sie für immer verlassen.

Er kauerte wieder zu ihren Füßen nieder. „Was ist denn los?"

„Liebst du mich noch?" Ihre Augen ließen ihn nicht los.

„Dummkopf. Habe ich nicht soeben die Unterlagen für unsere Hochzeit mitgebracht? Bald sind wir verheiratet." Er stand auf, weil ihm das Hocken zu unbequem wurde, und setzte sich neben sie.

„Heiraten ist nicht das gleiche wie Liebe", entgegnete sie. Das mochte er nicht an ihr, diesen Hang zu Spitzfindigkeiten. Bei einem Mädchen mochte das ganz liebenswert erscheinen, bei einer Ehefrau war es schlicht unerträglich.

Früher hatte sie ihn nie gefragt: „Liebst du mich?" Selbst damals nicht, als sie ihm nachstellte, und auch nicht, als sie ihn schon am Gängelband hatte. Sie schien sich irgendwie sicher gewesen zu sein, daß er sie eines Tages lieben würde.

Ausgerechnet jetzt, wo er sich doch so bemühte, ihr sei-

ne Fürsorge zu zeigen und das peinliche Schweigen zu füllen, mußte sie diese Frage stellen.
Zuo Wei grinste, aber seine Augen lächelten nicht. „Wenn ich es nicht ausspreche, bedeutet es, daß ich dich liebe. Wenn ich dich nicht liebte, würde ich es dir sagen. Kapiert? Dieser Spaß stammt von einem Amerikaner namens Johnson."
„Aber er gefällt mir nicht. Ich möchte eine Antwort von einem Chinesen mit dem Namen Zuo Wei." Sie sprach durch ein breites, aber grimmiges Lächeln. „Ich würde auch gern einen Witz reißen, ja wirklich, aber ich kann einfach nicht. Es wäre schön, wenn ich es auch könnte."
Ein langes Schweigen folgte.
„Was hat dich so mißtrauisch gemacht? Früher warst du nicht so." Zuo Wei verlor schließlich seine Geduld und sprang auf, um in einem hysterischen Anfall einige Gläser zu zertrümmern.
„Ja, früher waren wir anders", antwortete Linger und beugte sich nieder, um die Scherben aufzusammeln. „Laß uns nicht die Beherrschung verlieren. Schau, das Leben könnte in Zukunft noch härter werden.Dann täte uns vielleicht leid ... au!" Sie hatte sich in den Finger geschnitten.
„Hast du das absichtlich getan?" Zuo Wei lief zu ihr und saugte an ihrem blutenden Finger. Sie beobachtete ihn lächelnd, aber mit Tränen in den Augen. „Ich möchte mir noch einen Finger verletzten."
„Idiotin!" schnauzte er.
Sie legte ihren Kopf auf seine Schulter, und so saßen sie

auf dem Boden, bewegungslos, bis die Dämmerung hereinbrach.
„Heute abend bleibe ich." Ihre sanfte Stimme verlor sich sofort in der Dunkelheit.
In jener Nacht schlief sie zum erstenmal mit ihm.

Erstaunt beobachtete Zuo Wei, wie sie sich in aller Ruhe das Haar hochsteckte, mit festen Schritten den Raum durchquerte und schweigsam ihre Kleidung glattstrich. Er fühlte sich unruhig und angespannt.
War diese kühle, zurückhaltende, fremde Frau wirklich die Linger der vergangenen Nacht? Hatten sie, nachdem sie sich geliebt hatten, sich nicht in den Armen gelegen und wie Kinder geweint? Hatte sie ihn etwa nicht leidenschaftlich und benommen angeblickt, als wollte sie seine Seele aussaugen?
„Gib mir den Brief!" hatte sie ihn mit rauher Stimme aufgefordert. „Gut. Laß uns auf den Balkon gehen und ein wenig dort sitzen." Noch ein Befehl.
Es war sehr früh am Tag. Noch zirpten die Zikaden nicht in den Bäumen, deren Spitzen die Sonne gerade in Rot tauchte. Ein alter Milchmann radelte auf seiner mit scheppernden Milchflaschen beladenen Lastenrikscha vorbei. Tautropfen glitzerten auf den Blumen, den Grashalmen und im Blattwerk der Bäume. In der Ferne tönte eine Dampfpfeife. Die Straßenfeger machten Feierabend ...
„Ich hoffe, daß du dich immer an diesen Morgen erinnern wirst." Sie bat ihn nicht, sich an die Nacht davor zu

erinnern. Dann blickte sie ihn seltsam an, erhob sich und schritt zum anderen Ende des Balkons. Mit schnellen Bewegungen zerriß sie das Antragsschreiben. Als Zuo Wei auf sie zusprang, um es ihr zu entreißen, lehnte sie sich über die Brüstung und streckte die offene Hand aus. Die Morgenbrise trug die Papierschnitzel im Nu davon. Wie Schneeflocken tanzten sie durch die Luft; einige landeten auf dem Boden, einige in den Bäumen, andere segelten mit dem Windhauch davon . . .
„Schau, bald werden sie wie Schneeflocken dahingeschmolzen sein." Ihr Lächeln wirkte entschlossen.
Weil sie die ganze Nacht nicht geschlafen hatte, lagen schwarze Ringe unter ihren Augen, und ihre Haut war von tödlicher Blässe.
„Wir haben schon geheiratet. Du hast mir alles vergolten. Jetzt können wir uns leichten Gewissens trennen."
Zuo Wei war nahe daran, zu schluchzen – oder aber lauthals loszulachen. Er wurde von einem Gefühl der Erlösung überwältigt, das er niemals irgend jemandem verraten durfte.
Deshalb hatten sie sich in der vergangenen Nacht weinend in den Armen gelegen. Linger mußte zu dieser Zeit schon gewußt haben, daß dies ihr letzter Abschied sein würde.

Danach, und bis zum Tage ihrer Abfahrt, weigerte sich Linger, ihn nochmals zu sehen.
Zuo Wei postierte sich unter dem alten Johannisbrotbaum vor den Schlafraum. Von dort konnte er ihr Fen-

ster sehen und mußte auch von ihr erblickt werden.
Er wollte sie wissen lassen, daß er auf sie wartete. Doch dabei hoffte er sehr, daß sie hart bliebe. Er kam sich vor, als stünde er auf einem sehr hohen Gipfel, auf allen Seiten in unendliche Abgründe blickend. Jeder falsche Tritt brächte das Verderben.
Er lebte ohne Nahrung und Schlaf, so daß er bald ausgemergelt aussah, mit eingefallenen Augen, die wild blitzten. Tief im Innern wußte er jedoch, daß sein selbst gewähltes Leiden sich nicht mit dem Opfer vergleichen ließ, daß Linger für ihn auf sich genommen hatte.
Und dann war sie weg. Sie war gegangen ohne ein einziges Wort des Vorwurfs oder der Anklage. Selbstverständlich hatte niemand sie verabschiedet. Hatte sie auf den Bahnsteig geblickt, als der Zug anfuhr? Hatte sie geweint? Verzieh sie ihm?
Er würde es nie erfahren.
Er hatte seine Schubladen nach einer kleinen Erinnerung an sie durchsucht. Wenn es auch nur ein Gummiband für den Zopf gewesen wäre, eine Fotografie oder eine kleine Notiz.
Aber er fand nichts.
Er erinnerte sich daran, Zettel mit kleinen Nachrichten von ihr erhalten zu haben, doch er hatte sie nach dem Lesen weggeworfen. Denn damals ging er davon aus, sie würden für immer zusammenbleiben. Und außerdem waren ihre Notizzettel keine Liebesbriefe. Es stand niemals „Liebster" darauf, warum sollte er sie also aufheben? Sie fand Bezeichnungen wie „Liebster" ekelerre-

gend. Ihre seltsame Art, Liebe zu zeigen, bestand eher darin, daß sie ihn zuschauen ließ, wie sie schnell und exakt mathematische Aufgaben löste. Vermutlich war sie die einzige auf der Welt, die eine derart galante Methode der Liebesbezeugung anwandte.

Wann immer er Haarspangen, Notizbücher oder Taschentücher von ihr vorfand, gab er sie umgehend und korrekt an sie zurück. Wenn er sie schon hatte, wozu brauchte er solchen Ersatz-Schnickschnack? Er war nicht wie diese Ausländer, die eine Haarlocke der Liebsten am Herzen trugen. Und Haarspangen erschienen ihm schmutzig und recht unappetitlich.

Und so war Linger aus seinem Leben entschwunden, unmerklich wie der Lauf der Zeit.

Nun war sie zurückgekehrt. Beihe hatte ihm nur kurz mitgeteilt, daß Linger in seinem Team arbeiten würde. Sie hoffe, daß er seine Arbeit voranstelle und persönliche Empfindungen keinesfalls die Arbeit störten. Sie wünsche sich eine gute Zusammenarbeit zwischen beiden im Interesse des Modernisierungsprogramms. Aber Zuo Wei wußte, daß sie mit etwas hinter dem Berg hielt.

Auch nach den mehr als zwanzig Jahren, die er nun schon mit Beihe zusammenlebte, war sie ihm noch teilweise ein Rätsel geblieben. Aber es zahlte sich für ihn immer aus, ihren Rat zu beherzigen, denn sie hatte den kühleren Kopf.

Als sie ihm erzählte, daß Linger zurückkäme, hatten sie einander nicht angeblickt. Es wurde ihm bewußt, daß sie

wieder wie Komplizen Vorteile aus der gleichen Person zu ziehen versuchten, die sie schon einmal ausgenutzt hatten.
War das schändlich? Er wollte dieser Frage nicht zu gründlich nachgehen. Abgesehen davon steckte Beihe hinter all dem, er hatte damit nichts zu tun. Er vergrub sein Gesicht im Kopfkissen.
Plötzlich erinnerte er sich an eine Frage aus einem Ratespiel aus der Zeit, als er noch ein Junge war: Was wiegt schwerer, ein Pfund Eisen oder ein Pfund Baumwolle?
Immer wieder trieb ihn das alte Problem um: Wie könnte er erfahren, wer der Vater von Lingers Kind war?

•

Linger fühlte sich nach der schlaflosen Nacht ziemlich benommen. Der Grund für ihre Schlaflosigkeit war eigentlich albern: Heute würde sie mit dem Zug fahren.
Sie hatte oft gehört, wie andere über Schlaflosigkeit aus Angst oder Furcht klagten. Sie fühlte dabei mit, denn sie hatte viele solcher Nächte selbst erlebt. Aber nun waren ihre Nächte friedvoll. Ruhig wie der blauschwarze Himmel, der hoch über der staubwirbelnden Unruhe der Welt stand.
Nachdem Taotao ertrunken war, hatte sie die Hölle erlebt. Das heilende Quellwasser der Lethe hatte ihr geholfen, das Vergangene zu vergessen. Das einzige, auf

das sie sich noch freute, war der Zug, der jede Nacht pünktlich vorbeifuhr.
Oft geschah es, daß sie rechtzeitig aufwachte, um still in ihrer kleinen Lehmziegelhütte, die nahe an der Eisenbahn lag, mit Vorfreude auf das Dröhnen des Eilzuges zu warten, wie es sich näherte und entfernte und seine Schwingungen der Erde mitteilte. Ihre Gedanken folgten dem Zug auch dann noch, wenn der Nachhall der Signaltöne längst verweht war.
Was bedeutete dieser Zug wirklich für sie? Sie konnte es nicht genau sagen. Aber nachdem er vorbeigefahren war, schlief sie tief bis zum Morgengrauen, wie ein kleines Kind, das von seiner Mutter gestillt und dem die Windeln gewechselt worden waren.

Heute nacht, endlich, würde sie selbst den Expreß besteigen.
Er näherte sich wie ein pfeifender, zischender schwarzer Pfeil durch die finstere Nacht und spaltete diese entzwei. Der gehärtete Stahl der Schienen und die Räder arbeiteten tödlich verfeindet gegeneinander, als wollten diese Feinde sich zu Spänen zermalmen und zermahlen.
Lingers Nackenhärchen sträubten sich bei diesem Geräusch.
Ihr Waggon aber dämpfte die Geräusche und war sanft beleuchtet, so daß die Fahrgäste friedvoll schlafen konnten.
Sie lag mit offenen Augen auf ihrer Liege und genoß das rhythmische und sanfte Schaukeln und Wiegen des Zu-

ges. Wie hätte sie bei diesem wohligen Genuß einschlafen können? Auf der mittleren Liege gegenüber lachte eine junge Braut während des Schlafes in sich hinein und murmelte Worte, die nicht zu verstehen waren. Linger war ein wenig schuldbewußt, weil sie unwillentlich jemenanden belauschte. Die junge Frau und ihr Mann fuhren in die Stadt E, um dort ihre Flitterwochen zu verbringen.

Der Mann auf der Oberliege schnarchte ununterbrochen die Tonleiter rauf und runter. Der kleine Junge ganz unten hielt das Schnarchen wohl für Tigergrollen, denn er setzte sich plötzlich auf und rief angstvoll: „Mama, ich fürchte mich vor dem Tiger!"

Seine junge Mutter tätschelte im Halbschlaf seinen Rükken und nuschelte: „Du brauchst dich nicht zu fürchten. Sei ein braver Bub und schlaf ein."

So hätte Linger sich nicht verhalten. Als Taotao klein war, genügte es, daß er nur einmal im Schlaf strampelte, um sie hellwach auffahren zu lassen.

Sie konnte immer noch nicht einschlafen. Seit mehr als zwanzig Jahren fuhr sie zum ersten Male wieder mit der Eisenbahn. Sie fühlte sich, als kehrte sie nach langer, langer Zeit der Abwesenheit in ihr Haus zurück, das in der Zwischenzeit renoviert worden war, so daß es vertraut und fremd zugleich auf sie wirkte.

Von Zeit zu Zeit betastete sie die Abteilabtrennung, die mit cremefarbenem Plastik bezogen war. Als sie damals an die Grenze verschickt worden war, hatten die Zwischenwände noch aus Holzbrettern bestanden. Während des Tages war die mittlere Liege heruntergeklappt, so damit die Fahrgäste aufrecht sitzen konnten. Der kleine Tisch unter dem Fenster ließ sich entfernen. Stieß man ungeschickt gegen sein Klappbein, so knickte er ein und alles darauf sauste zu Boden.

Auf diese Weise war ihr blaues, geschliffenes Glas am Boden zerschellt. Es hatte sie so erregt, daß große Schweißperlen auf ihre Stirn traten. Sie hatte mit den Zähnen geknirscht, die Fäuste geballt und dabei die Nägel in die Handflächen gekrallt. Tränen waren ihr über die Wangen geströmt.

Jenes Glas war ihr einziges Erinnerungsstück an Zuo Wei gewesen. Warum nur hatte er ihr etwas geschenkt, das so zerbrechlich, vergänglich war?

Sie hätte das Glas niemals im Zug herausnehmen sollen. Hatte sie sich nicht wie ein frischverliebter Backfisch verhalten, der die erste Liebesgabe des Verehrers unbedingt vorzeigen muß?

Papperlapapp, natürlich nicht. Aber sie war nervös gewesen, denn sie hatte sich überhaupt nicht auf die Probleme und Schwierigkeiten vorbereitet, die auf sie warteten. Das Glas war ihr Begleiter, es war Zuo Wei, der ihr Mut zusprach.

Damals ahnte sie noch nicht, daß sie schwanger war.

Als sie es erfuhr, war sie außer sich vor Freude und fühlte sich, als wäre sie auf eine Goldader gestoßen. Über Nacht war sie, die Bettlerin, zur Goldmarie geworden.

Jede Nacht legte sie, nachdem sie sich erschöpft ins Bett geschleppt hatte, die Hände auf ihren schwellenden

Bauch und betete still zu einem Gott, an den sie nicht glaubte, daß er ihr einen Sohn schenken möge, einen Sohn, der Zuo Wei ähnlich war.
Wie hätte sie mit ihrem Schicksal hadern können? Es hatte ihr doch Zuo Wei zurückgegeben.
Sie wurde ruhig und friedlich. Die Furcht wich, beim Blick zurück im Zorn in Zuo Wei alles Böse zu sehen. Sie vergab ihm, daß er sie verlassen hatte, und empfand nur noch Dankbarkeit und tiefere Liebe für ihn.
Auch ihr Aussehen besserte sich. Ihre Augen glänzten, und ihre Wangen waren rosig.
Sie hatte einen Sohn, der ihre Einsamkeit belebte. Die Gewißheit, einen Gefährten zu haben, der sie verstand, half ihr, alle Tribunale und Erniedrigungen zu überstehen.
„Du mußt dich zu deinen Fehlern bekennen und ihre politischen, ideologischen, historischen und sozialen Wurzeln erkennen. Welcher Mann war in deine Affäre verwickelt? Wo geschah es? War es das erste Mal oder hast du wechselnden Verkehr? Welcher Beweggrund, welche Absicht steckte dahinter?"
Sie hörten nicht auf, Druck auf sie auszuüben, damit sie ihre Schuld bekenne. Sie aber schüttelte nur den Kopf und wölbte die Hände schützend über ihren schwangeren Leib.
„Wir haben dir die politischen Richtlinien erklärt. Wenn du keine Selbstkritik übst, wird die Strafe härter sein, das Urteil gnadenloser. Du hast dich zweier Vergehen schuldig gemacht, eine Reaktionärin und ein 'übler Cha-

rakter' zu sein. Es gibt fünf verwerfliche Kategorien: Großgrundbesitzer, reiche Bauern, Konterrevolutionäre, üble Charaktere und Reaktionäre. Du gehörst zu zwei dieser fünf Kategorien."

Aber Linger hatte weiterhin geschwiegen und nur mit dem Kopf genickt.

Sie spürte, wie Taotao sich in ihrem Leib bewegte.

„Was treibst du da?" fragte sie ihren Sohn. „Willst du etwa jetzt schon heraus, um deine Mutter und deinen Vater zu beschützen? Dummer Bub, versteh doch! Deine Mutter ist kein Grashalm im Wind, sie ist ein Baum mit weit ausladenden Ästen, die dich und deinen Vater behüten, ja, auch deinen Vater. Er soll noch eine Chance erhalten."

So viele Leute verleumdeten sie und fielen ihr in den Rücken.

Niemand setzte sich bei Versammlungen, Vorträgen oder in der Kantine neben sie oder wechselte gar ein Wort mit ihr.

Als sie einmal bei einer Versammlung einen Platz belegt hatte, ging sie daraufhin noch zur Toilette. Eine Frau, die nach ihr gekommen war, nahm in der Zwischenzeit daneben Platz. Als Linger zurückkam, sprang die Frau mit einem schrillen Laut auf, wedelte mit dem Taschentuch vor der Nase und klopfte damit auch scheinbaren Schmutz von ihrer Kleidung. Das Theater dauerte so lange, bis auch die letzten aufgestanden waren, um den Vorfall zu begaffen.

Selbst die Kantinenköche ließen sich keine Gelegenheit

entgehen, sie zu demütigen.
Einer von ihnen zwickte sie sogar anzüglich unter dem Kinn. Das war mehr, als sie ertragen konnte. Sie warf ihm eine Suppenschüssel ins Gesicht. Er schlug ihr daraufhin mit der Schöpfkelle über den Kopf und prügelte auf ihren Bauch ein. Leute standen herum, um den Spaß zu beobachten, und niemand griff schützend ein. Sie war schließlich selbst schuld daran.
Sie krümmte sich zusammen, deckte ihren Bauch mit beiden Händen und setzte den Schlägen nur ihr Schweigen entgegen. Sie entfloh den Schlägen nicht, sie schützte sich nur dagegen.
Während er auf sie einprügelte, fluchte der Koch: „Schmutzige Hure! Schaut, wie sie auf den Bastard in ihrem Wanst aufpaßt! Eine Gassennutte, die tut, als sei sie eine anständige Frau."
Später ermahnte sie der Parteisekretär: „Vergiß nicht, daß du zur Umerziehung hier bist. Reiß dich zusammen!"
Ihr Sohn drehte sich und strampelte: „Bist du ärgerlich oder fürchtest du dich? Sei ruhig, Liebes. Laß sie nur schimpfen und schreien. Deine Mutter verzagt nicht. Die Zeit wird für sie sein. Solange deinem Vater nichts zustößt, ertrage ich alles gern."
Danach erhielt sie in der Kantine niemals mehr volle Portionen Reis oder Gemüse. Wenn das Tagesessen aus frisch gedämpften Hefebrötchen oder einem verlockenden Reisgericht bestand, gaben die Köche ihr nur ranzige Reste. Und dazu verhöhnten sie sie noch wie ein Kinderchor.

Zu jener Zeit mußte sie Schwerarbeit verrichten, mit dem Handkarren Kohle, Gemüse oder andere Vorräte zum Büro bringen. Sie brauchte Nahrung, um bei Kräften zu bleiben, und für Taotao. Was sie in der Kantine bekam, reichte nicht aus. Sie besaß kein Geld, um Essen zu kaufen. Sie erhielt monatlich 18 Yuan. Oft war sie schwindelig vor Hunger.

Sie ging völlig unerfahren ihrer Niederkunft entgegen. Erst als die Wehen schon eingesetzt hatten, brach sie zum Krankenhaus auf. Es gab damals noch keine Taxis, und um Mitternacht waren auch keine Fahrradrikschas unterwegs. Ihrer Einheit stand ein Auto zur Verfügung, aber danach fragte sie erst gar nicht, da sie ihr die Benutzung ohnehin verweigert hätten. Schmerzverkrümmt taumelte und kroch sie den Weg zum Krankenhaus, eine feuchte Spur hinter sich herziehend.

Eine Krankenschwester füllte das Aufnahmeformular für sie aus, weil sie geradewegs in den Kreißsaal gebracht worden war.

Name, Alter, Geburtsort, Arbeitseinheit, Adresse, Telefon ...

„Wie heißt Ihr Ehemann?"

...

„Der Name Ihres Ehemannes?" fragte die Schwester lauter.

...

„Zeng Linger, ich muß den Namen Ihres Mannes wissen", wiederholte die Schwester betont und scharf.

...

Die Krankenschwester klappte die Kladde mit der Krankengeschichte so heftig zu, daß es wie ein Schlag in Lingers Gesicht war. Linger hatte zu all dem noch vergessen, ihre Toilettensachen mitzubringen. Da niemand kam, um sie zu besuchen, konnten sie auch von niemandem mitgebracht werden. Am Tag nach Taotaos Geburt bat Linger eine Krankenschwester, ihr die nötigen Dinge im Kiosk des Krankenhauses zu besorgen. „Geh selber, ich hab' für sowas keine Zeit", antwortete die Schwester frostig.

Die Gänge waren kalt und zugig, obwohl draußen bereits der Frühling eingekehrt war.

Der grimmig dreinblickende Gynäkologe ordnete an, daß ihr eine Blutprobe entnommen werden sollte.

„Weshalb denn das?" fragte Linger.

Die Krankenschwester blickte sie verachtend an: „Um einen Syphilis-Test zu machen."

„Wie können Sie Patienten nur so behandeln!", empörte sich Linger.

„Deine Einheit hat uns darum gebeten."

Daher wehte also der Wind, es war jemand von ihrer Arbeitseinheit dagewesen. Kein Wunder, daß die Ärzte und Schwestern sie nun so schlecht behandelten. Konnte man es ihnen verübeln? Wie anders sollten sie einer Reaktionärin mit zudem verwerflichem Charakter gegenübertreten?

Die drei anderen Wöchnerinnen in ihrem Zimmer machten sich einen Spaß daraus, ihre Männer beim Besuch zu necken.

„Schau ganz genau hin, ist das dein Sohn?" fragte eine, als sie dem Ehemann das Baby hinhielt.
„Bei diesen abstehenden Ohren gibt es keinen Zweifel", antwortete er liebevoll.
Eine andere Mutter schalt ihren Mann: „Ich habe dir doch gesagt, daß ich Hühnersuppe nicht mag, und du kommst ausgerechnet damit." Sie schob die Suppe von sich, warf die Stäbchen hin und drehte ihm den Rücken zu.„In Ordnung, sei nicht verärgert. Sag mir, was du willst, und ich bringe es dir."
„Ich möchte dein Herz fressen."
„Ich werde es dir morgen zubereitet mitbringen."
Seine Frau schaute verdutzt, lachte schallend los und nippte dann einige Male an der Suppe.
Die dritte Frau, die ihr Baby stillte, lehnte sich gegen die Schulter ihres Mannes. „Sieh, er erkennt sich. Schau, wie er dich anstarrt."
„Tatsächlich. Lieber Junge, sag doch Papi."
„Ach du Einfaltspinsel. Wie soll denn ein Neugeborenes sprechen können. Du bist wohl nicht ganz bei Trost."
Linger drehte sich verlegen zur Wand.
In den Augen ihrer Ehemänner hatten diese Frauen etwas Großartiges vollbracht.
Eben diese drei Frauen schnüffelten und schnaubten jeden Morgen wie angeekelt, rissen Tür und Fenster auf, um dann auszurufen: „Igitt, wie dieses Zimmer stinkt!"
So als läge Linger in syphilitischer Verwesung.
Aber mit Taotao in den Armen nahm sie das alles nicht wahr.

Taotao war ihr Schutzpanzer.
Er war ein kümmerliches, unterernährtes Baby. Und sie konnte ihn nur mit ihrer mageren Milch stillen. Sein verhutzeltes Gesichtchen verzog sich noch mehr in Falten, wenn er so hart an ihrer Brust saugte, daß es schmerzte. Aber sein erbärmliches, hungriges Wimmern tat ihr noch mehr weh.
Oft starrte sie auf die grüne Briefkastensäule, in der Versuchung, Zuo Wei zu schreiben und ihn wissen zu lassen, daß er einen Sohn besaß; aber auch, daß Taotao hungern mußte und sie nichts dagegen tun konnte... Ihr Herz litt im Zwiespalt ihrer Liebe für Zuo Wei und ihren kleinen Sohn. Aber dann schrieb sie ihm doch nicht, obwohl sie sich fragte, ob sie damit nicht Taotao verriet.
Doch einmal, als Taotao erkrankte, war sie verzweifelt. Sie rannte wie eine fiebrig Wahnsinnige zum Telegraphenamt, um ein Ferngespräch anzumelden. Als die Verbindung hergestellt war, war sie zu verwirrt, um zu sprechen. Sie vernahm Zuo Weis Stimme, mal von fern, mal von nah: „Hallo ... hallo ..." Ihre Sehnsucht nach ihm war so überwältigend, daß sie meinte entweder ohnmächtig zu werden oder den Verstand zu verlieren. Sie glitt auf den Boden der Telefonzelle und preßte den Hörer hart ans Ohr. Sie biß die Zähne zusammen, um nicht in die Hörmuschel zu rufen. Wenn er sich doch nur einmal noch mit „Hallo" meldete. Aber er legte plötzlich auf.
Ihre Zunge war taub und ihr Arm kraftlos, als sie wie in Trance nach Hause tapste. Dort legte sie ihren Kopf

neben Taotaos Kissen. Die ganze Nacht kniete sie an seinem Bett.
Als die Morgensonne aufging, war das Fieber gefallen. Sie murmelte erschöpft: „Siehst du, wir haben die Nacht überstanden, ohne ihm etwas zu verraten. Wenn du erwachsen bist, wirst du einsehen, daß es immer am besten ist, sich auf sich selbst und nicht auf andere zu verlassen."
Aber Taotao wurde kein erwachsener Mann. Mit fünfzehn Jahren ging er mit Freunden zum Schwimmen, sprang in den Teich – und tauchte nie wieder auf. Als man ihn herauszog, waren Mund und Nase voll Schlamm. Drei Jahre lang wurde Linger von dieser Erinnerung verfolgt.
Warum hatte sie zwar Taotaos Vater retten können, ihn aber nicht? Sie war doch die Tochter eines Fischers, am Meer aufgewachsen, aber das hatte ihn nicht schützen können. Taotao hatte das Meer nicht einmal von weitem gesehen, war ganz einfach in einem Tümpel ertrunken. Wie dumm sie gewesen war, zu denken, nur die mächtige See könnte Menschenleben rauben.

Die Jungvermählten gegenüber kabbelten sich wegen eines Biskuits in der fast leeren Schachtel. Hübsch sah die Schachtel aus, mit dunkelgrün und gelbem Muster, so ganz anders als das stumpfbraune Packpapier, an das sie sich von früher her erinnerte. Es kam ihr vor, als hätte sie lange Zeit in einer Berghöhle verbracht, um jetzt hervorzutreten und in ein neues, strahlendes Leben zu

blinzeln.
Die Braut nahm das letzte Biskuit aus der Schachtel und wedelte damit vor den Augen ihres Mannes. „Es ist das letzte, ich nehm's mir einfach."
„Nein, gib's mir!" Er grapschte danach.
Sie schmollte. „Gut, dann hast du es eben."
„Ach, ich hab' doch nur Spaß gemacht. Natürlich bekommst du es."
„Nein, du!"
„Laß das Fingerspiel entscheiden, ja?"
Er gewann. Aber dann reichte er ihr den Keks.
Linger beneidete sie um dieses naive Glück.
Sie hatte sich mit Zuo Wei nie liebevoll streiten können. Vielleicht war sie dafür auch zu verspannt. War dies bei einer Frau ein Mangel? Sie verstand nicht, wie Frauen in passiver Weise die Liebe ihres Ehemannes „konsumieren" konnten, ohne selbst etwas anzubieten. Aber da sie nur einmal eine Liebesbeziehung gehabt hatte, war ihre Erfahrung darin natürlich sehr begrenzt. Für sie bedeutete Liebe großherziges Geben ohne den Gedanken an Vergütung. Seit dem allersten Mal, als ihr Blick auf Zuo Wei gefallen war, fühlte sie sich hingebungsvoll wie eine Schneeflocke, die in der Sonne schmilzt. Aber war das nicht auch die Bestimmung einer Schneeflocke?
Der Fahrtwind, der durch die Fensterluke eindrang, blätterte in einem japanischen Magazin auf dem Tisch. Es war farbenfroh illustriert. „Darf ich mal reinschauen?" fragte sie.
„Ja, aber bitte", antwortete die junge Frau.

Es waren kurzweilige Beiträge darin, leicht zu lesen, gerade recht für die Bahnfahrt. Anzeigen, internationale Berichte, Reisenotizen, humorvolle Auflockerungen, Anekdoten über berühmte Persönlichkeiten und kurze, lebendige Artikel wechselten in bunter Reihenfolge. Linger blätterte die Illustrierte durch, bis sie zu einem Abschnitt über Horoskope kam, dem ein Beitrag über Geburtstagsedelsteine vorangestellt war. Darin hieß es, vom 16. Jahrhundert an seien die zwölf Monate des Jahres jeweils mit unterschiedlichen, wertvollen Edelsteinen in Verbindung gesetzt worden. Häufig wurde der dem Geburtsmonat zugesprochene Stein an einem Ring oder Kettchen auf den Geburtstagstisch gelegt. Linger betrachtete die abgebildeten Monatssteine.

Sie suchte ihr Horoskop heraus und las: „Smaragd – Stein mit Feuer."

Sie lächelte in sich hinein, senkte aber plötzlich den Kopf.

Ihre Blicke schweiften aus dem Fenster. Sie legte die Zeitschrift zurück. Draußen lag weitläufiges Brachland, kein Dorf war in Sicht. Büschel von Unkraut verdorrten oder sprossen dicht nebeneinander. Die spärlichen Purpurblüten der Dornbüsche tupften ein wenig Farbe ins Bild. Die matt hängenden Zweige und Blätter eines knorrigen Baumes erinnerten sie an eine freundliche Großmutter, die ihren kleinen Enkel schützt. Selbst diese karge Erde wimmelte also vor Leben.

Im Graben neben dem Gleis wiegten sich die Baumschößlinge im Wind, neigten sich alle in eine Richtung,

desgleichen ihre Blätter.
In der Ferne kam ein Pferd ins Blickfeld. Es trottete so schwerfällig und langsam, als gäbe es in seinem Gang der verlorenen Hoffnung Ausdruck, jemals an das Ende des Horizonts zu gelangen.
„Mama, ich muß mal Pipi."
Der kleine Junge, den in der vergangenen Nacht das Schnarchen so erschreckt hatte, hielt die Öffnung seiner Hose umklammert. Die junge Mutter trug ihn zur Toilette.
Im Jahre 1960, so erinnerte sich Linger, hatte sie eine weiße Waschschüssel aus Emaille gekauft, die Taotao als sein Töpfchen benutzte. Er wollte immer alle Neuerwerbungen gleich selbst testen, wo sich ihm doch ohnehin so selten die Gelegenheit dazu bot. Wenn sie etwas Geld erübrigen konnte, kaufte sie Nahrungsmittel für ihn. Das war während der drei mageren Jahre gewesen, als ein Pfund Küchlein ganze sechs Yuan kostete. Deshalb konnte sie sich stets auch nur ein Stückchen leisten. Jedesmal wenn er ein Teilchen vertilgt, vor Zufriedenheit geseufzt und sich schließlich die Finger abgeleckt hatte, empfand sie einen stechenden Schmerz.
Taotao war ein frühreifes Kind gewesen. Sie mußte sich bemühen, ihm gewachsen zu sein. Es gelang ihr niemals, ihn hinters Licht zu führen, was sie, wenn überhaupt, auch nur mit besten Absichten versuchte.
Seine Schulkameraden drangsalierten ihn oft, weil er keinen Vater hatte. Auch seine Lehrer benachteiligten ihn. Nichts konnte in jener kleinen Stadt verborgen blei-

ben.
Aber Taotao war tapfer und beklagte sich nie. Einmal sah er nach der Schule aus, als wäre er in eine Prügelei verwickelt gewesen. Seine Nase war blutverkrustet, eine seiner Taschen eingerissen und die Vorderseite seiner Jacke feucht, als hätte er Blut von ihr gewaschen.
„Hast du dich etwa mit anderen geschlagen, Taotao?" fragte sie mißbilligend.
„Nein." Er vermied ihren Blick. Als sie ihn beharrend nochmals fragte, verkrampfte er die Lippen und schwieg eisern. Mehr Druck wollte sie nicht auf ihn ausüben.
An jenem Abend war er wie üblich in sein Bett hinter dem Trennvorhang gestiegen und dann so still gelegen, daß sie meinte, er wäre schon eingeschlafen. Aber dann stand er wieder auf und setzte sich zu ihr an den Schreibtisch. „Hast du eine Minute Zeit für mich?"
Sie fand ihn rührend und niedlich in seinem ausgebeulten Pyjama, den sie ihm aus einem alten blauen Kleid geschneidert hatte. Er erinnerte sie an Zuo Wei.
„Natürlich hab' ich Zeit für dich." Linger legte den Stift nieder und strich ihm über das jugendlich volle Haar. Er rückte ab und fragte, feierlich wie ein Erwachsener: „Habe ich einen Papa?"
Linger zog ihre Hand zurück. Sie hatte gewußt, er würde einmal diese Frage stellen. Aber sie hatte sie nicht so frühzeitig erwartet. Das machte die Angelegenheit noch heikler, denn er war noch zu jung, um alles verstehen zu können.
„Ja, natürlich hast du einen Vater."

Sein Gesicht hellte sich auf: „Und wie ist er denn?"
„Man muß ihn einfach gern haben."
Taotao blickte zweifelnd: „Warum kommt er dann nicht zu uns?"
„Er ist zu weit weg."
„Wie weit?"
„Zu weit, um überhaupt jemals kommen zu können."
„Mama!" rief er.
„Was ist?"
„Wenn ich groß bin, werde ich dich immer besuchen kommen, auch wenn du ganz weit weg bist."
„Das ist lieb, mein Kleiner."
„Mama?"
„Ja?"
„Weinst du?"
„Nein."
„Laß mich deine Augen sehen."
Linger zwang sich, ihm ihr Gesicht zuzuwenden: „Dummer Bub, deine Mama heult nie. Also, nun aber schnell ab ins Bett. Ich muß noch arbeiten."

Taotaos erstes Aufsatzthema in der Schule hieß zufällig „Mein Vater". Sie konnte sich an jedes Wort erinnern, das er geschrieben hatte.

Mein Vater

„Mein Vater ist meine Mutter, meine Mama ist mein Papa. Denn sie kann mehr als die Väter von anderen Kindern. Es gibt nichts, was sie nicht kann.

Im Winter gräbt sie eine Miete für das Gemüse. Sie zieht schwere Kohlekarren von weit her in unsere Stadt. Dabei streckt sie den Hals vor und macht einen Buckel, genau so wie die niedlichen kleinen Esel in der Produktionsbrigade. Ich renne hinter dem Karren und schiebe ihn. Ich schiebe und schiebe und laß nicht nach, auch wenn ich müde bin. Aber meine Mama merkt das, sie weiß alles. Einmal hob sie mich auf den Karren und fragte: ‚Gefällt's dir da oben?' Ich nickte: ‚Prima!' Denn ich war noch nie hoch oben auf einem Karren gefahren. Auch noch nie in einem Bus. Mama sagt, wenn ich groß bin, bringt sie mich zum Zug, der mich dann weit weg zur Universität fährt. Ich möchte aber nicht weit weg gehen. Ich möchte der Mama helfen und den Karren schieben."

Mein lieber Kleiner, du hast vergessen, daß du auch geholfen hast, die Gemüsemiete zu graben. Du warst nicht einmal so groß wie die Schaufel. Und trotzdem hast du dich mit der Schaufel abgeplagt, hast nicht einmal eingehalten, um deine Rotznase zu putzen. Und ich fühlte Trauer beim Gedanken, daß du bald ein großer Junge sein würdest, der sich nicht mehr die Nase putzen läßt.

„Meine Mama macht tolle Steinschleudern. Nicht solche aus Draht, mit denen man nicht weit schießen kann oder bei denen der Stein zurückschnellt und einem die Hand verletzt. Sie macht sie aus Astgabeln von kleinen Bäumen. Sie hat mir auch beigebracht, daß Elsternnester unten spitz sind. Krähennester sind rund. Und Spatzen haben überhaupt keine Nester. Sie verstecken sich zum Schlafen in Mauerritzen oder unter Dachrinnen."

Aber die erste Steinschleuder, die ich dir bastelte, hat doch versagt. Hast du vergessen, wie schnell sie zerbrach? Oder wolltest du Mamas Fehlschlag ganz einfach übergehen? Und die Schleuder aus Dattelpalmenholz, die ich dir später machte, wurde vom Schulleiter beschlagnahmt.

„Sie schneidert hübsche Sachen zum Anziehen. Zum Kindertag hat sie mir einen Matrosenanzug gemacht."

Jetzt machst du mich aber verlegen. Ich habe dir so selten etwas genäht. Und der Matrosenanzug aus alten Kleidungsstücken von mir hat dir gar nicht richtig gepaßt.

„Sie hilft mir bei den Schulaufgaben, wenn ich nicht weiter weiß. Und ihre Erklärungen sind ganz leicht zu verstehen. Und sie löst jeden Abend bis spät in die Nacht Mathe-Aufgaben, die sie sich selbst stellt. Wenn ich um zwölf Uhr nachts aufstehe, um aufs Klo zu gehen, sitzt sie immer noch am Schreibtisch. Ich wünsche mir, daß sie nicht soviel Zeit für ihr Rechnen verwendet. Denn dann könnte sie mir mehr Geschichten erzählen oder Spiele mit mir spielen."

Liebling, es tut mir wirklich leid! Aber deine Mutter mußte tagsüber arbeiten und hatte eben nur abends Zeit für die Forschungen.
Da du als Säugling so viel geschrien hast, daß ich mich nicht mehr konzentrieren konnte, habe ich dir einen Schnuller gegeben. Aber als ich las, du könntest davon Blähungen bekommen, machte ich ein Wickeltuch, ähnlich dem der kantonesischen Mütter, und schnürte dich an meinen Rücken. Da hörtest du auf zu schreien, und ich konnte mich wieder auf meine Arbeit konzentrieren. Allerdings hast du mir oft den Rücken genäßt. Wenn ich deine Windeln wechselte und ein wenig mit dir spielte, dann hast du deinen zahnlosen Mund geöffnet und so voller Entzücken gegluckst, daß es mich große Überwindung kostete, wieder an die Arbeit zu gehen.

„Meine Mutter ist tapfer und stark. Auch wenn sie große Sorgen hat, sie weint nie . . . "

Das stimmt nicht. Aber erst spät in der Nacht, mein Schatz, wenn du schon tief geschlafen hast, dann habe ich geweint.
Die Lehrerin hatte diesen Aufsatz mit einem großen, roten „Ausgezeichnet!" benotet. Sie kam, um ihn Linger zu zeigen. Da dies der erste Besuch überhaupt war, den sie seit ihrer Verbannung erhielt, war sie so erfreut und aufgeregt, daß sie das Schweinefleisch vergaß, das

auf dem Herd schmorte. Als die Lehrerin gegangen war, entdeckte sie, daß das Fleisch angebrannt war. Das war ein schwerer Schlag. Mehr als zwei Pfund Schweinefleisch waren verdorben, das wären etliche Mahlzeiten für Taotao gewesen.

Es war ihr ein Trost, daß die Lehrerin ihr beim Abschied mit Tränen in den Augen gesagt hatte: „Sie haben gegen Not und Erniedrigung gekämpft und erhalten jetzt den Lohn. Taotao ist ein sehr vielversprechendes Kind. Ich hoffe, er wird einmal ein großer Schriftsteller."

Not? Linger fand das Leben nicht hart. Taotao, der sie brauchte, ließ sie alle Not vergessen. Aber plötzlich war er gegangen.

Aus dem Leben.

Immer wieder hatte sie sich vorgeworfen: „Ich wußte, daß Menschen im Meer ertrinken können. Aber nie hätte ich gedacht, daß es auch in einem so kleinen Teich geschehen könnte. Ich hätte ihn nicht dort schwimmen lassen dürfen, ich war zu sorglos . . ."

Wenn sie sich so quälte, begannen die Frauen zu weinen und verfielen die Männer in Schweigen. Wegen dieses Schicksalschlages vergaß man ihre Vergangenheit und fühlte nur noch Mitleid mit ihr.

Aber ohne Taotao bedeutete ihr dies gar nichts.

•

Wie ein junges Füllen wollte sie ihre Kraft kennenler-

nen. Deshalb sprang Linger, nachdem sie ihr Gepäck abgelegt hatte, jeweils zwei Stufen nehmend die Treppe hinab. Es freute sie, zu entdecken, daß sie immer noch schnell und geschmeidig war und Abstände richtig einschätzte. Beim Hochlaufen zwei Stufen zu nehmen, war wohl leicht, anders aber beim Hinunterspringen.
In der Empfangshalle des Hotels traf sie auf die Flitterwöchner.
„Haben Sie Lust, schwimmen zu gehen?" fragte die Braut.
„Jetzt noch nicht. Abends macht's mehr Spaß."
„Das meinte er auch. Ich werde also allein gehen müssen."
„Tut mir leid." Linger war in Eile.
„Kommen Sie dann heute abend mit uns?" fragte der junge Mann.
„Gern. Welche Zimmernummer haben Sie?"
„207."
„Ich bin in 321. Rufen Sie mich an? Also bis heute abend."
„Bis dann."

Es war eigenartig. Nach einer Unterbrechung von einem Vierteljahrhundert stand sie wieder vor dem zweistöckigen Telegraphenamt, dem zuverlässigen „Postillon d'amour". Linger streichelte den grünen Briefkasten davor, pflückte dann eine winzige gelbe Blume vom Straßenrand und steckte sie hinter das kleine Aluminiumschild mit den Leerungszeiten.

An dieser Stelle hatte Zuo Wei einst einen leidenschaftlichen Brief eingeworfen, in dem er seinen Eltern mitteilte, wie Linger ihm das Leben gerettet hatte.
Nochmals fragte sie sich: Hatte sie ihn nur geschützt, weil es Zuo Wei war? Hätte sie das gleiche nicht auch für jeden anderen getan? Ja, gewiß. Denn so hatte sie ihr Vater erzogen.
Möglicherweise lag hier die Wurzel für Zuo Weis Fehleinschätzung. Er hatte Dankbarkeit für Liebe gehalten. Denn in allen Notfällen eilte sie wie ein Schutzengel herbei und rettete ihn: Es gab keine moralische Verpflichtung für ihn, sie zu lieben, und sie hatte auch nie eine solche Vergütung gefordert oder erwartet. Sie wollte einfach alles für den Mann tun, den sie bewunderte. Ein bißchen hatte sie zwar erhofft, daß ihre Liebe irgendwann zarte Erwiderung fände, aber nicht, daß er sie mit der Vorspiegelung von Liebe vergalt.
Nach all den Jahren hielt sie also noch einmal eine Art Totengedenkfeier für ihre Liebe ab. Sie empfand keinen Schmerz dabei. Es war ohnehin alles zu spät.
Sie ging zu einem Geschäft in der Stadt E, in dem lokale Handwerksprodukte verkauft wurden, und erstand einen Strohhut mit grüner Schleife. In einem früheren Sommer hatten sie hier gezeltet, und Linger hatte für Zuo Wei einen ähnlichen hübschen Männerhut besorgt. Aber er hatte sich dickköpfig geweigert, ihn zu tragen, wegen der grünen Schleife.
Im Handwerks- und Souvenirladen erweckte ein Ring ihr Interesse. Es war ein schmaler, gravierter Ring mit ei-

ner kleinen Perle, der 150 Yuan kostete. Sie erinnerte sich an die Zeitschrift, die sie im Zug gelesen hatte. Ihr war noch nie ein Schmuckstück mit ihrem Geburtsstein geschenkt worden. Ihre Eltern waren beide tot, und vermutlich wußte niemand sonst ihr Geburtsdatum. Sie konnte sich also nur selbst einen Ring mit ihrem Geburtsstein schenken.

„Führen Sie auch Smaragdringe?" fragte sie den alten Ladengehilfen.

„Leider nicht. Smaragde sind sehr selten. Vielleicht haben Sie Glück in einem der Antiquitätenläden von Shanghai oder Beijing", antwortete er höflich.

„Dann zeigen Sie mir doch bitte diesen Perlenring." Linger streifte ihn über den Ringfinger der linken Hand, den Finger für den Hochzeitsring. Er paßte gut. „Ausgezeichnet, ich nehme ihn."

Sie besaß Geld, ihr Monatsgehalt betrug mehr als hundert Yuan. Jetzt hätte sie Taotao beliebig Kuchen kaufen können. Damals, als sie das Geld so bitter nötig hatte, besaß sie keinen Pfennig. Sie lächelte, während sie den Ring polierte, und verließ das Geschäft.

Den Ring zu tragen, gab ihr das verwirrende Gefühl, frischverheiratet zu sein. Selbstverständlich nicht mit Zuo Wei.

Der vertraute Krämerladen stand immer noch an der Kreuzung. Aber der alte Krämer war von einem Mädchen ersetzt worden, das gerade in ein dickes Buch vertieft war.

Im Schaufenster waren viele verschiedene Kerzen ausgestellt. Linger musterte sie gründlich und war besonders von einem großen roten Paar angetan. In jenem lange zurückliegenden Jahr hatten sie und Zuo Wei ein ähnliches Paar hier gesehen. Sie hatte beschlossen, ein solches Paar Kerzen für ihre Hochzeit zu besorgen. Als Zuo Wei sie wegen solch „provinzieller" Neigungen neckte, verteidigte sie ihre romantische Vorstellung von einem gemeinsamen Zimmer mit weichem Kerzenlicht. Aber diese Vorstellung sollte sich nie verwirklichen.

„Entschuldigung, Genossin, wieviel kostet dieses Paar Kerzen?"

„Achtzehn Yuan."

„Ich hätte gerne ein Paar."

Linger verstaute die in Papier eingewickelten Kerzen vorsichtig in ihrer Handtasche und war sich sicher, daß den Frischvermählten ihr Geschenk gefallen würde. Beim Verlassen des Geschäfts stellte sie sich ihre Freude beim Anzünden der Kerzen vor. Es war, als wäre ihr eigener Traum von Glück Wirklichkeit geworden.

Sie war hungrig. Das Frühstück im Zug war ungenießbar gewesen. Den Weg zum Restaurant mit den westlichen Speisen kannte sie noch. Es befand sich noch am selben Ort, wie das Telegraphenamt und die Läden.

Zuo Wei hatte sie einmal hierher zum Essen eingeladen. Da es ihr erstes westliches Essen war, wußte sie Gabel und Messer nicht richtig zu handhaben und klapperte mit ihnen auf dem Teller herum. Bei ihrer unbeholfenen Bemühung, eine Portion Hühnchen zu zerteilen, flutschte das Fleisch vom Teller und beschmutzte das weiße Tischlaken und stieß ein Glas Wein um – all dies zu Zuo Weis großer Verlegenheit. Aber heute, ohne ihn, fühlte sie sich nicht gehemmt, obwohl sie nicht erwartete, sich wesentlich geschickter zu verhalten. Aber waren die Ausländer nicht gleichermaßen ungeschickt, wenn sie mit Stäbchen aßen?

Im Restaurant ging es lebhaft zu. Linger setzte sich an einen Tisch nahe dem Fenster, von wo aus sie auf das Meer blicken konnte.

Sie vertiefte sich in die Speisekarte.

„Darf ich hier Platz nehmen?" fragte ein Mann.

Sie zuckte zusammen – seine Stimme erinnerte sie so an Zuo Wei. Sie hob den Blick und starrte ihn unverhohlen an.

„Verzeihung, aber alle anderen Tische sind belegt." Der Mann, der ein kariertes Hemd trug, mißdeutete ihr Schweigen als Ablehnung.

„Natürlich. Natürlich können Sie Platz nehmen." Linger brach das Eis.

„Danke." Er setzte sich. „Nehmen Sie hier an einer Tagung teil?"

„Ja. Und Sie? Machen Sie Urlaub?"

„Nein, ich bin auch zu einer Tagung hier."

Seiner Generation ging es gut. Er hatte die Universität zu einer guten Zeit abgeschlossen. Ganz anders war es bei ihren Jahrgängen gewesen, die die schöpferischen Jahre des Lebens verloren hatten und diesen Verlust niemals wettmachen konnten.

„Darf ich fragen, wann Sie Examen gemacht haben?"

„In den fünfziger Jahren."
„Ah, das sind heute die Leute in den Spitzenpositionen."
Die Suppe wurde serviert.
„Hätten Sie bitte Pfeffer?" fragte Linger.
„Holen Sie ihn selbst", gab die Kellnerin eisig zurück.
„Danke."
Als nächstes kamen gebackene Schweinekoteletts.
„Hätten Sie etwa Chilisauce?" fragte Linger wiederum.
„Holen Sie sie selbst", meinte die Bedienung.
Linger lächelte den jungen Mann an, der ihr zuzwinkerte. „Selberholen, selberholen!" sagten beide und brachen in Gelächter aus.
Sie genoß das Essen. Obwohl ihr Tischnachbar so jung war, war er eine sprudelnde Quelle der Information. Sie fühlte sich im Gespräch mit ihm immer jünger werden. Sie neidete es ihm, noch so jung zu sein und noch soviel Zeit für erfolgreiche Arbeit vor sich zu haben.
Nach dem Mittagessen begab sie sich zum Strand. Die Schleife ihres neuen Hutes flatterte im Wind. Sie lief barfuß durch den Sand.
Die Tide drückte herein. Es sah nach Springflut aus, zu Beginn des lunaren Monats.
Die schwer anrollenden Wogen näßten ihre Hosen, so daß der Stoff an den Knöcheln klebte. Sie fröstelte.
Sie hielt beim Tigerkopf-Felsen, der in jenem fernen Jahr ihr Lagerplatz beim Schwimmen gewesen war. Immer noch lag der Felsen dort wie zum Sprung geduckt, ein Prellbock gegen die Wellen.
Sie wünschte sich, die Vergangenheit könnte vom Wind

verweht werden oder sich in Wolken auflösen. Aber gerade hier und jetzt erkannte sie, wie lebendig das Vergangene noch war. Wie Saatkörner in einem altertümlichen Grabmal, die nach Jahrhunderten im Dunkeln noch zu keimen fähig sind.

Aber ... immerhin hatte sie selbst sich geändert.

Sie wußte, jetzt war es nicht mehr Zuo Wei, der sie bewegte und ihr Herz mit Liebe erfüllte, sondern das Land und seine Menschen, denen sie die besten Jahre ihres Lebens gegeben hatte.

„Stein mit Feuer."

Der Smaragd war ihr Geburtsstein, das Symbol ihres Lebens.

Ihre bloßen Fußsohlen spürten das soghafte Wandern des Sandes beim Rückfluß der Wogen. Es schien gefährlich, bewegungslos stehenzubleiben.

Sie kletterte auf den Felsen und saß mit Blick zur See. Sie beobachtete Frauen, die nach Felsenaustern stocherten, und einen alten Fischer, den wohl das Fangglück verlassen hatte, so daß er die Geduld verlor. Jedesmal wenn er die Fangleine einholte, seufzte er auf und blickte sich um, als hoffte er, niemand möge Zeuge seines Versagens sein. Linger wandte sich ab, um ihm Verlegenheit zu ersparen.

Ihr Vater war so ganz anders gewesen, so selbstbewußt, daß er niemals versuchte, seine Fehler zu vertuschen.

Der Himmel bedeckte sich. Drohende dunkle Wolken türmten sich von Süden her auf, färbten die See schwarz und dräuten zur Küste. Bald würde es wohl wolkenbruch-

artig regnen.
Die Austernsammlerinnen machten sich auf den Heimweg, ebenso der alte Fischer. Die Schwimmer kamen an Land, und die Sonnenbadenden wickelten sich ihre farbenprächtigen Handtücher um die Hüften und verließen den Strand.
Linger blieb auf dem Felsen sitzen und beobachtete, wie die See schwer hereinrollte, um sich schäumend an der Küste zu brechen.

Sie erreichte das Hotel völlig durchweicht.
Es war bereits dunkel, ihre Tischlampe brannte, vermutlich hatte der Etagenservice sie angezündet. Auf dem Tisch lag ein Notizzettel:

> „Genossin Zeng Linger,
> ich habe dich leider nicht im Hotel vorgefunden. Um 18.30 Uhr werde ich unten im Restaurant auf dich warten. Wir können dann zusammen essen.
>
> Lu Beihe"

Genossin Zeng Linger!
Lu Beihe?
Sie sank in den Sessel neben dem Bett, sprang aber sogleich wieder auf, um ihn nicht naß zu machen.
Es amüsierte sie, „Genossin" genannt zu werden. Sie erinnerte sich daran, wie überaus korrekt Lu Beihe stets gewesen war, ein alter Kopf auf jungen Schultern. War sie immer noch so umsichtig, jeden Fehler vermeidend?
Natürlich würde Linger mit ihr speisen. Sie sehnte sich nach Neuigkeit über ihre alten Studienkollegen.

Sie wusch in Eile ihr Haar, das nach mehreren Tagen Zugfahrt fettig und schmutzig war.
Als sie gerade gebadet hatte, klingelte das Telefon.
„Hallo, wer spricht?"
„Wir sind's", antwortete der Bräutigam.
„Oh, ich habe ein Paar roter Kerzen gekauft. Würden sie Ihnen gefallen?"
„Natürlich, herzlichen Dank!"
„Prima!" Linger lachte froh.
„Wie steht's mit unserem Schwimm-Rendezvous heute abend?"
„Es tut mir schrecklich leid, aber eine Studienkollegin aus alter Zeit hat mich für heute abend zum Essen eingeladen. Außerdem ..." Sie blickte nach draußen. Es goß immer noch in Strömen. „Bei solchem Wetter gehen Sie besser nicht raus."
„Aber nein, es ist doch herrlich, gerade jetzt zu schwimmen."
Er mußte ein rechter Draufgänger sein, genauso wie sie es in seinem Alter gewesen war. Vielleicht wollte er seine junge Frau beeindrucken.
„Nun, wenn Sie keine Zeit haben, gehen wir eben allein. Vielleicht können wir morgen gemeinsam schwimmen."
„Wohin gehen Sie?"
„Zum Tigerkopf-Felsen."
„Nein, bloß nicht dorthin!" rief Linger.
„Wieso nicht?"
„Es ist gefährlich dort. Nicht weit draußen ist ein Strudel."

„Keine Sorge, ich halte mich davon entfernt."
„Ich ginge an Ihrer Stelle gar nicht."
„Nun gut. Vielen Dank für Ihre Fürsorge. Bis morgen dann." Er legte auf.
Linger ging zum Friseursalon hinunter.
„Wollen Sie eine Dauerwelle?" fragte die Friseuse.
„Nein, nur eine Föhnfrisur."
Warum ausgerechnet zum Tigerkopf-Felsen? Linger sorgte sich bei der Erinnerung an den furchterregenden Strudel.
In jenem Sommer hatten sie in der Stadt E unmittelbar am Strand campiert.
Jeden Abend waren die besten Schwimmer vom Tigerkopf-Felsen aus dem Mond entgegengeschwommen.
Das funkelnde Mondlicht legte eine verheißungsvolle silberne Spur vom Horizont zu den Schwimmern, ganz nah an sie heran, so daß sie meinten, mit nur einigen wenigen Schwimmzügen noch in dieses Leuchtband eintauchen zu können. Aber nach jedem Zug war das Mondlicht noch ebenso unnahbar nah.
Eines abends entdeckte Linger, daß Zuo Wei rechts von ihr kraulte. Jedesmal wenn er mit seinem linken Arm ausholte, wandte sich ihr sein lächelndes Gesicht zu.
Sie waren dann schon außer Hörweite der anderen, und auch die Uferbrandung war nicht mehr zu vernehmen. Sie schienen mit dem Mond allein auf dieser Welt zu sein.
Mit einem Male türmte sich vor ihnen ein Woge auf. Linger nahm einen tiefen Atemzug und tauchte hin-

durch. Als sie wieder Luft bekam, war von Zuo Wei keine Spur zu sehen. Sie blickte sich erschreckt um.

„Zuo Wei –"

Keine Antwort.

Eine weitere Woge kam wie ein Bergsturz über sie. Hier mußte der Außenring des Strudels sein. Sie ängstigte sich um Zuo Wei. War er ein guter Schwimmer, wußte er mit dieser Gefahr umzugehen?

„Zuo Wei –"

Immer noch keine Antwort. Linger brach in Schluchzen aus, wie die Fischersfrauen, die hysterisch schreiend und weinend bis zur Bewußtlosigkeit auf Knien nach ihren Männern riefen, die von der See nicht heimgekehrt waren.

Dann sah sie etwas treiben, nicht weit entfernt, das wie ein schwarzer Flaschenkürbis aussah. Sie durchschnitt die Wogen und griff danach – es war Zuo Weis weicher Schopf. Als sie ihn an ihre Seite zog, wurden sie beide plötzlich von einer schier unwiderstehlichen Saugkraft unter ihnen erfaßt. Hätte sie dabei nicht die Fratze des Todes angestarrt, wäre dieses Soggefühl verlockend und genußvoll erschienen.

Sie waren in den Strudel geraten.

Zuo Wei, der sich verzweifelt an ihren linken Arm krallte, hatte schon die Hälfte ihrer Kraft aufgezehrt. Sie wußte wohl, daß sie ihn schlagen müßte, damit er sie losließe, denn sonst wären sie beide bald ertrunken. Unfähig, es zu tun, kämpfte sie sich ohne Hoffnung ab und verschwendete dabei ihre Kraft. Beine und Arme wur-

den schwer wie Blei. In Himmels Namen, so sollte dies eben das Ende sein. Aber der Gedanke, daß auch er unterginge, brachte ihr plötzlich den klaren Kopf zurück. Sie mußte sein Leben retten.
Nun schlug sie ihn so hart, daß er von ihr abließ. Dann griff sie wieder in sein Haar, zwang sich zur Ruhe und zum Gleichmaß mit dem Auf und Ab des Strudels. Als sie an den oberen Rand des Wirbeltrichters getragen wurden, kämpfte sie sich an die Oberfläche, holte tief Luft und dachte dabei: Noch gibt es eine Hoffnung!
Sie schwamm mit einem Arm, während sie ihn mit dem anderen an den Haaren hielt. Ihre Zähne klapperten, nicht vor Kälte, sondern aus Furcht. Auf einmal bekam sie einen Krampf im linken Bein und konnte nur noch mit der Strömung treiben. Sie schonte ihre Kraft, um sie einzusetzen, wenn der Kamm einer Woge erreicht wäre. Mit letzter Kraft strebte sie danach, ihn zu retten.
Und es gelang, mit schier übermenschlichem Willen zog sie ihn ans sichere Ufer.
Zuo Wei erholte sich rasch, aber sie hatte ihre Muskeln überanstrengt und humpelte noch längere Zeit.

„Ist es so recht?" fragte die Friseuse.
Linger erkannte sich kaum wieder.Ihre lange, zottige Mähne glänzte und war schwungvoll zurückgeföhnt, um ihre breite, kühne Stirn freizulegen. Die weiße Locke über ihrer rechten Schläfe verlieh ihr einen Hauch von Eleganz.
„Vielen Dank für Ihr Zauberwerk."

„Sie haben auch vorher schon gut ausgesehen", erwiderte die Friseuse.
Linger lachte und besah sich genau im Spiegel. „Himmel, das ist doch tatsächlich das erstemal in meinem Leben, daß mir jemand ein solches Kompliment gemacht hat."
Sie zahlte und begab sich geradewegs zum Restaurant, denn es war bereits 18.30 Uhr. Draußen regnete es noch immer. Wieder verspürte sie eine eigenartige Beklommenheit. Wann würde der Regen endlich aufhören?

•

Sie lächelten sich schweigend zu.
Linger blickte warm in Lu Beihes Augen.
Beihe prüfte sie mit Blicken von oben bis unten.
Sie hatte sich nicht verändert. Oder vielleicht war sie noch attraktiver geworden. Ihre kurzsichtigen Augen hatten einen sanften, träumerischen Glanz.
Ihre dunkelgrüne, weißgetupfte Seidenbluse hatte sie in die weiße Hose gesteckt. Obwohl ihre Kleidung nicht übermäßig gut saß (vermutlich war sie in dem fernen Provinzstädtchen geschneidert worden), wirkte die Farbzusammenstellung doch recht elegant.
Wie konnte sie es vergessen haben? Linger wirkte immer attraktiv, gleichgültig was sie trug. Sie war seinerzeit in den kurzen, ausgebeulten Hosen eines Fischermädchens ins College gekommen, und doch hatte sie dabei Stil gehabt.

Ihre Taille war nach wie vor mädchenhaft schlank, und dies nach all dem, was sie, laut Personalakte, hatte durchstehen müssen.

Sie bemerkte Lingers Ring. Merkwürdig, war es ein Erinnerungsstück?

Nur ihr gelöster Ausdruck zeigte, daß Linger gereift war, daß sie viel durchgemacht hatte.

Beihe verlor mit einem Mal ihr gewohntes Selbstbewußtsein.

„Da sind wir also wieder", sagte sie mit einer Stimme, in der sich sowohl aufrichtige Freude wie auch ein Anflug von Neid verbanden, der sie überraschte. Wie konnte man Linger beneiden?

Beihe fühlte sich heute verunsichert, ganz anders als sonst.

Sie beneidete sogar die farbenfroh gekleideten, flinken Kellnerinnen, die mit solch selbstgewisser Gelassenheit zwischen den Tischen umherglitten. Sie warf einen Blick auf ihren eigenen grauen Hosenanzug und fühlte sich deprimiert. Ihr ganzes Leben war trüb und grau.

„Ich freue mich so", sagte Linger ruhig.

Beihes Blick hatte sie in ihre Studentenzeit zurückversetzt. Sie entsann sich an eines ihrer Lieblingslieder, das sie schon seit langer Zeit nicht mehr gesungen hatte:

Ach, lieber Mond,
Sag mir, oh sag mir wo
Ist mein Geliebter?

„Wie ist es dir ergangen?"

„Gut. Und dir? Was ist aus den alten Freunden geworden? Ich habe seit dem College nichts mehr von ihnen gehört."

Beihe stocherte mit ihren Stäbchen herum. „... 1958 haben Zuo Wei und ich geheiratet ..." Sie beobachtete die Wirkung ihrer Worte auf Linger.

Natürlich war diese Nachricht eine Überraschung für sie, die so lange von allem abgeschlossen war. Selbstverständlich, Zuo Wei hatte heiraten müssen, Beihe oder irgendeine andere Frau. So nahm sie die Neuigkeit gelassen auf, hatte sie ihm doch seinen Wankelmut ohnehin längst schon verziehen. Über zwanzig Jahre hatten Vernunft und Liebe sich in ihrem Innern bekriegt; jetzt konnte sie jede Prüfung, jeden Härtetest bestehen.

Ach, lieber Mond,
Sag mir, oh sag mir wo
Ist mein Geliebter?

Das Schlimmste habe ich hinter mir, dachte Beihe. Sie fuhr fort: „Wir haben einen Sohn, er ist im ersten Studienjahr."

Einen Sohn. Linger dachte an Taotao. Fünfundzwanzig Jahre wäre er jetzt alt, der Halbbruder des anderen Jungen.

„Schlägt er dir oder Zuo Wei nach?" Linger wunderte sich, wie leicht ihr Zuo Weis Name über die Lippen ging.

„Keinem von uns."

Aber Taotao hatte ihm überraschend ähnlich gesehen.

„Er wird die guten Seiten von beiden geerbt haben."

„Eher die Schwächen", scherzte Beihe. Nun, die heikelsten Dinge waren also abgehandelt. „Laß uns jetzt be-

stellen. Du bist mein Gast. Was magst du?"
„Eigentlich fast alles."
„Gut, und zu trinken?"
„Sichuan-Likör?"
„Wie du willst."
Linger zeigte herzhaften Appetit und lobte jedes Gericht mit „Ahs" und „Ohs" und anderen Tönen. „Die Küche ist ausgezeichnet. Es ist lange her, daß ich so gut gegessen habe. Ich wünschte, ich hätte einen riesigen Pansen zur Verdauung."
Aber Linger war noch sehr schlank, mit einer Bauchmuskulatur wie eine „Stahlplatte", kein mittel-alterliches Ränzlein wie das ihre. Beihe lächelte: „Erinnerst du dich noch an deinen Spitznamen?"
„Natürlich. 'Stahlplatte', nicht wahr? Ich schaffe immer noch zweihundert Sitzbeugen. Soll ich's dir beweisen?" Sie schob ihren Stuhl zurück, als wollte sie tatsächlich den Beweis antreten.
„Aber ja doch." Beihe faßte ihren Arm. „Hast du zuviel getrunken?"
Linger hob die Flasche, um den Pegel auszumachen. „Wir haben ordentlich zugelangt, aber ich vertrage einiges. Als ich klein war und noch gefüttert wurde, hat mein Vater bereits ein Stäbchen in Schnaps oder Likör getaucht und mich daran saugen lassen. Wenn ich quengelig war, dippten die Erwachsenen einfach ein Stäbchen in Alkohol und gaben es mir zum Lutschen – und ich war im Nu still. Mein Vater hatte sich einen Sohn gewünscht, der mit ihm zum Fang ausfahren und mit ihm trinken

würde. Statt dessen bekam er eine Tochter. Aber als ich größer war, sagte er mir, daß er es nicht bedauere, eine Tochter zu haben, weil ich in den meisten Dingen so gut wie ein Junge wäre."

Linger schien sehr animiert. Ihre Augen funkelten und die Wangen röteten sich, während sie fröhlich plapperte. Vielleicht war dies der geeignete Augenblick, um das letzte Thema anzusprechen.

„Genossin Zeng Linger ..."

„Nenne mich bitte Linger. Ich wünsch' es mir."

„Gut. Linger ... Du weißt, weshalb man dich hierher eingeladen hat?"

„Um an einer Tagung teilzunehmen."

„Diese Tagung dient nicht nur dem Gedankenaustausch. Es soll ein neues Projekt organisiert werden. Wir möchten dich als stellvertretende Leiterin der Software-Abteilung gewinnen."

Linger hob die verschränkten Hände zur Brust: „Eine schöne Neuigkeit, Beihe! Das wäre mein Traumjob, sowas hab' ich mir immer gewünscht."

„Du hast dich immer sehr engagiert, immer eingesetzt, fast aufgerieben, alles geliebt." Beihe stellte sich vor, daß diese Intensität sicher auch auf Zuo Wei gerichtet gewesen war.

„Ja, ich liebe alles." Linger lächelte, als sie an den „Stein mit Feuer" dachte, den Stein ihres Horoskops. „Aber warum sollte ich eine Stellvertretende Vorsitzende werden? Ich habe keine Führungsqualitäten, das weißt du doch. Im College hast du mich einmal zur Verantwortlichen für Freizeit und Sport ernannt, aber ich war der Aufgabe nicht gewachsen, erinnerst du dich nicht?"

„Du sollst nicht Vorsitzende sein, du sollst koordinieren."

„Oh ..." Linger nickte. „Ist es leicht, mit dem Vorsitzenden zusammenzuarbeiten?"

„Die Zusammenarbeit dürfte an sich nicht schwierig sein ... andererseits ... es könnte sein ..." Beihe klang verlegen.

„Mach dir da meinetwegen keine Sorgen. Ich füge mich gern ein. Wichtig ist nur, daß ich zu der Arbeit überhaupt fähig bin."

„Nun ja, weißt du ... der Abteilungsleiter ist Zuo Wei."

„Welcher Witzbold hat denn das ausgeheckt?"

„Ich fürchte, ich bin schuld", flüsterte Beihe.

„Was hast du dir dabei gedacht? Siehst du denn nicht, daß das eine Zumutung für mich ist?"

„Ich weiß. Aber du willst ihm doch sicher nicht ewig böse sein. Wenn man jung ist, verliebt man sich, trennt sich wieder und später, wenn beide anderweitig glücklich verheiratet sind, trifft man sich wieder wie alte Freunde. Vergib ihm, Linger."

Verlieben ...

Trennung ...

Nein, Beihe ahnte nicht einmal annähernd, was zwischen ihr und Zuo Wei gewesen war. Sie konnten ihr Geheimnis also mit ins Grab nehmen.

Taotao!

War es wirklich nur die flüchtige Romanze zweier junger Menschen gewesen? Einer Prunkwinde vergleichbar, die nur einmal blüht?

Taotao!

Hätte sie sich abermals verlieben können? Wie ein Weidenschößling, der gedeiht, wo immer man ihn pflanzt?

Taotao!

Was bedeutete ihr Zuo Wei eigentlich noch? Es war vorbei. Wir mögen einmal im Leben von einer leidenschaftlichen Liebe besessen sein, doch das heißt nicht, daß daraus die tiefste und dauerhafteste Leidenschaft des ganzen Lebens wird.

„Es geht doch gar nicht darum, ihm zu vergeben. Ich hasse ihn auch nicht. Ich will ganz aufrichtig sein: Bevor ich mich auf den Weg machte – und sogar noch während der Fahrt hierher – war ich mir keineswegs sicher, ob nicht die Rückkehr meine alten Gefühle für ihn neu entfachen könnte. Aber dann erkannte ich, daß nur die Erinnerung an die vergangene Liebe wiederentdeckt wurde. Ich liebe das Meer, die Felsen, interessante und angenehme Bekanntschaften, Erinnerungen an die Jugend und an die Jugendliebe Zuo Wei. Ich liebe, was mit Mathematik und Computern zu tun hat, und einfach alles – außer eben Zuo Wei. Es war ein seltsames Erlebnis. Ich kam mir vor wie der Affenkönig, der plötzlich entdeckte, daß das Zwanghalfter um seinen Kopf entfernt worden war. Jahrelang war ich zur Liebe unfähig ... du kannst dir nicht vorstellen, was das bedeutet. Eine erschreckende Entdeckung: Du bist nur noch eine bittere, vertrocknete Zitrone. Jetzt stehe ich wieder im Saft, kann wieder fühlen, empfinden."

„Weil du ihn nicht mehr liebst, willst du also nicht mit Zuo Wei zusammenarbeiten?"

„Aber nein. Es würde einfach nur Verlegenheit schaffen."

„Er braucht Hilfe ... " Beihe schloß müde und frustriert die Augen und versteckte ihr Gesicht in den Händen.

Linger hörte überrascht, wie bekümmert sie klang. „Aber wieso denn? Er ist für diese Arbeit doch äußerst geeignet."

Beihe hob die Augen. „Du kennst ihn nicht, Linger. Du warst bis über die Ohren in ihn verliebt, da hast du nur die eine Seite von ihm gesehen. Ich habe aber auch die andere kennengelernt und übernehmen müssen."

Beihe wirkte auf einmal nicht mehr wie ein gefühlloser Buddha aus Gips oder Ton, sondern wie ein ganz normaler Mensch mit all seinen Problemen, eine Frau, die sich um ihren Mann, einen Bruder Leichtfuß, sorgte. Nun fühlte sie sich ihr näher.

„Sprich nicht so über ihn." Linger wollte sich ihren Beschwerden nicht öffnen.

„Du kennst ihn wirklich nicht", beharrte Beihe. „Hilf ihm. Du hast ihm doch schon aus so vielen Schwierigkeiten herausgeholfen." Ihre Stimme klang kläglich. Als sie sich ihren Plan mit seiner hintersinnigen Absicht zurechtgelegt hatte, war ihr nicht in den Sinn gekommen, daß Linger so reagieren könnte.

Je länger sie sprachen, desto verlorener kam Beihe sich

vor. Was war aus ihrem Durchsetzungsvermögen, ihrer eisernen Faust geworden? Sie flehte jetzt um Lingers Hilfe.

In ihrem dritten Collegejahr hatte Zuo Wei sich eine Tuberkulose zugezogen. Er wollte das Jahr nicht verlieren, aber der Campusarzt bestand darauf, weil er fürchtete, die anderen Studenten könnten angesteckt werden. Ein volles Jahr trug Linger die doppelte Last – sie nahm an den Vorlesungen teil, machte Aufzeichnungen, erledigte ihre Aufgaben und tat das gleiche für Zuo Wei, den sie daheim unterrichtete. Im dritten Jahr begann die intensivste Zeit des Studiums.

Nie ging sie vor Mitternacht ins Bett und fand oft eine Woche lang nicht die Zeit, zu baden oder ihre Kleider zu waschen.

Wenn er sich neben sie setzte, wedelte er mitunter mit der Hand vor seiner Nase: „Warum wäschst du dein Haar nicht?"

Sie wurde rot und bedeckte das Haar mit den Händen: „Ja, es ist schlimm ... ich hab's vergessen." Sie wollte ihm nicht erklären, daß sie einfach keine Zeit gehabt hatte, damit er sich nicht schuldig fühlte. Er war ein reizbarer und launischer Patient.

Während sie eine geometrische Aufgabe aufzeichnete, kam es vor, daß er gar nicht auf die Figur blickte, sondern auf die Manschetten ihrer Bluse und sie tadelte: „Kannst du nicht mal die Kleider wechseln?"

Linger grinste dümmlich und drehte die Manschetten

nach innen.
„Was soll denn das? Davon werden sie auch nicht sauber. Ich mag reinliche Mädchen. Mach dich bitte frisch, Linger."
Es stimmte sie traurig, daß ihm ihre mathematische Begabung so wenig wert war. Es war einfach dumm und albern von ihr gewesen, zu glauben, seine Liebe auf Dauer dadurch gewinnen zu können, daß sie bei den Mathematikprüfungen als Beste abschnitt. Früher hatte er sie dann immerhin bewundernd angeblickt. Nun hatte sie diese Bewunderung durch ihre schmutzige Bluse und ihr ungewaschenes Haar zunichte gemacht.
Linger war nahezu verzweifelt, denn ihr schien, als wären ihre mathematischen Kenntnisse ihr einziges Liebespfand. Und nun war es nichts mehr wert.
Sie ging noch später zu Bett. Während des Essens ging sie nochmals ihre Notizen durch. Beim Laufen oder Radfahren widerholte sie Englischvokabeln. Einmal wurde sie so von einem Auto erfaßt. Als der Fahrer anbot, sie zum Krankenhaus zu bringen, lehnte sie ab. „Nein. Es war ja nicht Ihre Schuld. Ich muß mich beeilen. Ich bin schon okay."
Sie biß die Zähne zusammen, rang sich ein Lächeln ab und beugte das Bein, um zu zeigen, daß es nicht schlimm verletzt war, wusch am Zapfhahn eines Straßenhydranten das Blut von Knie und Gesicht und hastete zu Zuo Wei, um ihn zu unterrichten.
Die Stelle am Bein entzündete sich. Sie verlor Gewicht, litt an Nachtschweiß und einem trockenen, bellenden

Husten, ohne aber endlich Rücksicht auf sich zu nehmen. Es kam ihr nie in den Sinn, daß Zuo Wei sie angesteckt haben könnte.

Zuo Wei schaffte die Abschlußprüfungen und hatte somit das Jahr nicht verloren. Auch war seine Krankheit ausgeheilt.

„Wie kann ich dir nur danken?" Wenn er guter Laune war, konnte er umwerfend liebenswürdig sein.

„Gib mir einen Kuß. Nein, nicht auf die Lippen, auf die Stirn."

„Was soll denn das?"

„Weißt du nicht? Meine Stirn beult sich schon aus, weil sie so mit Weisheit und Klugheit vollgestopft ist. Wenn du sie küßt, wird es dir im nächsten Jahr in Mathematik besser ergehen."

„Papperlapapp. Weisheit, Klugheit! Du bist das dümmste Gänschen, das ich kenne."

Linger lächelte und schloß die Augen, als er sie küßte. Sie wollte drei lange Tage und Nächte durchschlafen, dann baden, Haare waschen und blütenreine Wäsche anziehen. Sie würde ein Fläschchen Parfum und vielleicht etwas Dorschlebertran kaufen, weil ihre nächtlichen Schweißausbrüche noch schlimmer geworden waren. Und außerdem mochte Zuo Wei Parfum.

In den Sommerferien fuhr sie nach Hause ans Meer. Ihr Vater war erschreckt über ihr bleiches Gesicht und die dunklen Augenringe. „Habt ihr Vampire in der Schule? Ich habe dich gesund und kräftig hingeschickt, aber jetzt bestehst du nur noch aus Haut und Knochen. Warum

passen sie nicht auf dich auf, so wie's sich gehört? Ich werde dort mal mit der Faust auf den Tisch schlagen."
„Red' keinen Unsinn, Vater." Linger ging hinaus an den Strand und ließ sich erschöpft niederfallen.
Sie verbrachte die gesamten Ferien dort draußen und schlief, als müßte sie Jahre der Schlaflosigkeit aufholen. Die Seebrise und das Ozon ließen sie gesunden – und die Hartnäckigkeit ihres Vaters, sie mit Meeresfrüchten vollzustopfen. Er wußte, was er fangen mußte, um ihre Genesung zu fördern. Er stellte sich auf die Hinterbeine, um sie zu bewegen, aus Krankheitsgründen einen Monat länger freizunehmen, und sie fügte sich. Kurz vor der Abreise sagte sie: „Vater, ich liebe dich mehr als irgendeinen anderen Menschen." Ihre Mutter war schon lange tot, und der Vater hatte nicht wieder heiraten wollen.
„Wenn ich mein Examen gemacht habe, hole ich dich in die Stadt."
„So also sieht deine Liebe aus. Dein Vater weiß wohl, daß dir noch etwas anderes im Kopf herumschwirrt. Das ist gut so. Das Leben überträgt sich von einer Generation zur anderen. Aber glaube bloß nicht, ich käme in die Stadt. Wenn ich mein Boot und das Meer im Stich lasse, dann ist's bald aus mit mir. Ich will nur, daß du möglichst oft kommst – vor allem nicht erst dann, wenn du schon wie ein Klappergespenst aussiehst. Ein solches Schrekkensbild ertrage ich kein zweites Mal."
Aber Linger kehrte niemals mehr zurück. Sie wollte ihren Vater nicht mit den noch schlimmeren Ereignissen der folgenden Zeit beunruhigen. Und Personen, die zu

Zwangsarbeit verurteilt worden waren, durften ihre Familien ohnehin nicht besuchen. So durfte sie nicht einmal zu seinem Begräbnis heimfahren.

„Ich komme mir vor wie bei einem Staffellauf. Du rennst die ersten zweihundert Meter, ich die letzten." Beihe lächelte unsicher, sie spürte, wie sich ein Gefühl der Trauer in ihr ausbreitete. Was war nur los? Vielleicht lag es am Alkohol. Sie sollte nichts mehr trinken, und doch griff sie zur Flasche und füllte beide Gläser auf.
Sie wußte, daß sich an einem bestimmten Punkt ihres Gespräches die Rollen verkehrt hatten. Und die bemitleidenswerte Person war nicht Linger, sondern sie selbst.
Ihr schien, als stünden sie beide auf verschiedenen Booten, die auf dem Meer aneinander vorbeizogen. Ihr Boot war eine luxuriöse, weiße Vergnügungsjacht, mit reicher Blattgoldverzierung. Es segelte geschmeidig seinen befohlenen Weg.
Das andere Boot war ein alter Holzzuber, dessen zerlumpte Segel, vom Wind mal in diese, mal in jene Richtung getrieben, keinem Kommando gehorchten. Verzweifelt umklammerte Linger das Steuerruder und die Riemen, aber das Boot war hilflos dem Spiel von Wind und Wogen ausgeliefert.
Sie erreichte in schnittiger Fahrt Linger, zog selbstbewußt vorbei und eilte ihrem Ziel entgegen. Sie stand achtern blickend auf dem Oberdeck. Die Umrisse von Lingers Kahn, der auf und ab tanzte, verschwammen immer

mehr.
Aber dann berichtete die Mannschaft plötzlich von einem Maschinenschaden, der nicht behoben werden könne, und daß schon Wasser in den Maschinenraum eindringe. Furcht ergriff sie. Warum erkannte sie erst heute die Wahrheit? Ihr Leben war ohne Ziel, sie würde nie ein lohnenswertes Ufer erreichen. Sie segelte einer Fata Morgana entgegen. Wäre es nicht besser, eine Frau wie Linger zu sein?
„Du hast alles schon überstanden, denn du hast deine Liebe überwunden. Sobald du zu lieben aufhörst, hast du gewonnen. Ich möchte dir etwas sagen, was dich vielleicht schockiert. Viele Jahre haben wir um die Liebe des gleichen Mannes gekämpft, haben alle Opfer für ihn gebracht. Aber dann, zum Schluß, mußten wir erkennen, daß er all dies nicht wert war. Und er hat nicht einmal von unseren Opfern gewußt – oder, schlimmer noch, er hielt sie für selbstverständlich."
Beihe trank ihren Wein langsam und sprach ruhig, so als redete sie über ferne, sie nicht berührende Angelegenheiten. Es war vielleicht das erste Mal seit ihrer Kindheit, daß sie ihre wahren Gefühle offenbarte. Nach vielen und langen Jahren der Einkapselung war nun ein Ventil geöffnet worden, nicht weil der Druck zu stark geworden war, sondern ...
„Bitte sag das nicht. Wenn du liebst, gibt es keine Opfer." Linger wußte nicht, was sich in Beihes Leben seit ihrem letzten Zusammensein ereignet hatte.

„Wart ihr nicht glücklich miteinander?" fragte sie anteilnehmend.

„Nein, wir waren sogar sehr glücklich. Wir haben nie gezankt, nie gestritten. Aber es war die glückliche Zufriedenheit eines Herren, der ganz nach seinem Willen handelt, und seines willfährigen Sklaven." Sie sah, wie Lingers Augen sich erstaunt weiteten. „Was wundert dich? Du hast doch genau die gleiche Rolle in deiner Beziehung zu ihm gespielt."

„Aber um Himmels willen, wovon redest du? Ich habe es nie so gesehen." Linger schüttelte heftig den Kopf.

„Nun gut, vielleicht liegt es nicht an Zuo Wei, vielleicht stimmt mit mir etwas nicht ... Kannst du noch die Kaisernamen und die großen Geschichtsereignisse herunterbeten?" Beihe lachte nervös, während sie sich an die unzähligen Male erinnerte, die sie diese Litanei in der Schule heruntergeleiert hatte.

Linger dachte nach, schüttelte dann den Kopf und lachte: „Nein, das kann ich nicht mehr, obwohl ich früher dafür stets gute Noten erhalten habe."

„Aber man erinnert sich an die Dichter Li Bai und Du Fu, nicht wahr?"

Linger schmeckte die Bitterkeit in ihren Worten. „Das Leben bietet uns ein riesiges Arsenal an Rollen zur Auswahl. Man sollte seine Rolle kultivieren. Das schließt wohl auch ein, daß wir uns zu einer ehrgeizlosen Haltung durchringen. Denk doch nur daran, wieviele Menschen sich danach verzehren, zum Beispiel das zu erreichen, was dir gelungen ist – aber sie erreichen es nie und bleiben frustriert. Stell dir eine Frau vor, die einen Lehrstuhl für Mathematik erhält, aber niemals Liebe erfährt, niemals die Freuden einer Ehe kennenlernt ... Irgendwo scheint für jeden von uns eine unsichtbare Linie gezogen zu sein, die nicht überschritten werden darf. Du solltest deshalb nicht so hohe Erwartungen an Zuo Wei stellen." Sie nahm Beihes Hand, die sehr kalt war. Sie begann die Handflächen zu reiben, um sie etwas zu erwärmen.

Beihe war nervös und irritiert. „Laß uns ... laß uns diese Angelegenheit zum Ende bringen."

„Welche Angelegenheit?"

„Zuo Wei."

Linger schwieg.

„Ich flehe dich an, hilf mir bei dieser letzten Runde des Spiels." Aber vielleicht hatte Linger recht, und es gab wirklich diese still gesetzten Grenzen des Erreichbaren.

„Laß mich darüber nachdenken ...", sagte Linger gedehnt.

Beihe änderte auf einmal ihre Haltung, strich das Haar zurück und zog ihre Bluse glatt. „Laß uns all das, was wir soeben besprochen haben, vergessen." Sie schien ihre Gelassenheit wiedergewonnen zu haben, wieder in ihren grauen Anzug geschlüpft zu sein. Und wie schnell! Linger bewunderte diese eiserne Selbstkontrolle.

„Selbstverständlich. Du hast nichts gesagt. Ich habe nichts gehört." Ihr Lächeln besiegelte das Einverständnis.

Beihe hatte nun also ihr den Schwarzen Peter zugesteckt. Wie sollten sie und Zuo Wei zusammenarbeiten können?
Zuo Wei würde übermorgen zur Tagung anreisen. Sie fürchtete nicht, ihn zu treffen, grüßend zu nicken, Hände zu schütteln ... Aber unter keinen Umständen wurde sie tagtäglich, von früh bis spät, von Angesicht zu Angesicht mit ihm arbeiten können: Es standen zu viele schmerzhafte und verschlungene Erinnerungen zwischen ihnen. Und Taotao.
Sie dachte an die Nächte am Schreibtisch mit Taotao auf dem Rücken, erinnerte sich daran, wie oft er ihr den Rücken genäßt hatte. Für diesen Tag ihrer Rückkehr hatte sie alle Nöte ertragen und gekämpft. Sie hatte mehr als zwanzig Jahre an ihrer wissenschaftlichen Entwicklung gearbeitet, um etwas für die Gesellschaft leisten zu können. Und wie oft hatte sie dafür Taotaos Bitten „ein bißchen mit Mammi spielen" abweisen müssen. Taotao hatte seinen Anteil an all dem, was sie an Nützlichem vielleicht vollbringen könnte. Die Erinnerung überwältigte sie.
„Ich hasse deine mathematischen Probleme!" Das hatte Taotao auf einem Zettel hinterlassen, nachdem sie ihr Versprechen, mit ihm einen Frühlingsausflug zu machen, nicht hatte einhalten können. Er war schließlich allein gegangen.
Sollte es wirklich sein, daß all ihre und auch Taotaos Opfer ausgerechnet wegen Zuo Wei sinnlos wurden? Was konnte sie tun?

Sie kuschelte sich in ihre Steppdecke. Es war eine schrecklich schöne Nacht. Sie lauschte dem heulenden Wind, dem peitschenden Regen und der tosenden See. Sie lauschte auch ihrem eigenen Herzschlag, der sich dem Rhythmus der fernen Wogen anzupassen schien. Sie war so lange schon nicht mehr am Meer gewesen.
Und dann war ihr, als hörte sie vom Wind verwehte Hilferufe. Wer schrie da? Was riefen die anderen?
Linger war wütend auf ihre eigene Schwäche. Sie hatte Beihe versichert, Zuo Wei nicht zu hassen. Diese alte Geschichte von damals war doch längst begraben. Was hinderte sie also, das Angebot anzunehmen?
Sie konnte nicht einschlafen.
Sie knipste die Bettlampe an und blickte auf die Uhr. Es war bereits nach Mitternacht. Der Sturm hatte sich besänftigt und der Regen aufgehört. Die verwehten Schreie kamen näher. Es schien eine Frauenstimme zu sein, heulend und kreischend, schrecklich anzuhören. Diese Töne waren Linger nur allzu vertraut, auch sie hatte so geklagt – für Taotao.
Linger sprang aus dem Bett, zog die schweren Vorhänge zur Seite, um hinausschauen zu können. In der Ferne konnte sie den Strand ausmachen und eine flackernde Lampe im Dunkel.
Sie fuhr zusammen. Was war wohl geschehen? Unwillkürlich kam ihr das Brautpaar in den Sinn und eine unheilvolle Ahnung. Sie kleidete sich hastig an, schlappte in die Schuhe und rannte zum Strand.
Eine junge Frau mit zerrauftem Haar tobte und raste,

einer Furie gleich, sich dabei mit herzzerreißenden Klagelauten unterbrechend.

Linger lief auf sie zu, erkannte sie und ahnte, was geschehen war.

Sie legte die Arme um die junge Frau, die halb von Sinnen war, und drückte sie an ihre Brust. Ihre Kleidung war triefnaß, die Zähne klapperten. Dann und wann stöhnte und schluchzte sie auf. Widerspenstig versuchte sie sich aus Lingers Armen loszureißen.

„Ich bin's, Linger. Schauen Sie mich an, schau mich an."

Die junge Frau starrte sie an und schien sie zu erkennen. Schweigend hob sie die Hand und deutete aufs Meer, dann sank sie zu Boden.

Linger hockte im durchnäßten Sand und hielt das Mädchen fest in den Armen. Starr blickte sie auf zwei Schnellboote, die umherkreuzten und mit Scheinwerfern die Wasseroberfläche absuchten.

Linger wußte, daß es vergeblich war, daß der junge Mann, der nicht auf ihre Warnung geachtet hatte, längst in den Sog des Strudels geraten war. Und sie wußte, es gab daraus fast kein Entrinnen, nur durch ein Wunder, die Hilfe der Götter. Sie erinnerte sich mit luzider Klarheit an die Panik, die Hoffnungslosigkeit und die Machtlosigkeit der Opfer des Strudels. Sie hatte diese tödliche Gefahr selbst erlebt und ihr Leben zurückgewonnen. War dies nicht Grund genug, das Leben gelassener, heiterer anzugehen und tiefer zu begreifen?

Sie wiegte die junge Frau sanft in den Armen. Dabei dachte sie über den Tod und das Leben nach, das älteste

Thema der Menschheit.
Geborgen in Lingers Armen, hatte das Mädchen zu schluchzen aufgehört. Sie war völlig erschöpft, totenähnlich. Nur in ihren Augen schien noch ein Hauch Leben, so wie sie teilnahmslos den zwei Motorbooten zuschauten, die ihre Suche fortsetzten.
Linger brachte es nicht über sich, ihr zu sagen, daß es schon zu spät war. Um das Leid zu begreifen, das Linger bereits verstanden und in Stärke umgewandelt hatte, mußte sie ihren eigenen Weg gehen. Und dieser Weg zur Erkenntnis war ein mühseliger, dorniger Pfad.
Der Morgen dämmerte. Das weichende Dunkel enthüllte mehr und mehr die feierliche Weite und Tiefe des Meeres. Das Licht, das die Konturen des Wassers zeichnete, schien nicht vom Himmel zu kommen, sondern von einem Lichtkegel im Schoß des Meeres, der sich als zartgelbe Lichtflut über dem Wasser zerstäubte. Im Osten verblaßte die Morgenröte zwischen abziehenden Wolkenschichten, nur um sich in ein leuchtendes Gold zu verwandeln, das vom Meer widergespiegelt wurde. Diese Strahlen wiederum lackierten die Meeresoberfläche und ließen die fernen Fischerboote wie Spielzeuge aus Goldstaniol erscheinen.
Die Flut zog sich zurück, aber die Wogen rollten noch schwer. Immerhin zogen sich die Wogen der Brandung mehr und mehr zurück, hin zur Tiefe der See. Und nach und nach spie das Meer auch die Fremdkörper wieder aus, die der Sturm der vergangenen Nacht hineingezogen hatte – Äste, Holzplanken, leere Flaschen, Blechdosendeckel, Plastiktüten.

Beim Rückzug wurde das Meer immer ruhiger, klarer, durchsichtiger und reflektierte eine heitere Morgenstimmung.
Linger konnte sich diesen Eindrücken nicht entziehen und fühlte im Übergang von der wilden Nacht zum friedlichen Morgen die ... ja, Weisheit der See.
Plötzlich sah sie, wie einige Strandläufer zu einer Stelle eilten. Sie half der jungen Frau auf die Beine und stürzte ebenfalls dorthin.
Er war es.
Er würde niemals mehr aufwachen. Auch ihn hatte der Ozean wieder ausgespien.
Seine Frau konnte weder sprechen noch weinen. Die Hände ausgestreckt, ging sie auf ihn zu, berührte ihn, liebkoste seinen Körper von Kopf bis Fuß. Als wollte sie sich vergewissern, daß diese aufgedunsene, von der Brandung zerschürfte Wasserleiche wirklich ihr geliebter Mann war. Schließlich brach ein Schrei aus ihr, und sie rannte auf das Meer zu. Man fing sie ab und brachte sie zum Hotel.
Linger streifte ihr die Kleider ab. Sie waren zerfetzt, und es war nicht erkennbar, ob sie von Büschen zerrissen waren oder sie es in ihrem panischen Anfall selbst getan hatte. Linger ließ warmes Wasser in die Badewanne und half dem Mädchen behutsam hinein. Ihr Körper war blau vor Kälte. Linger wachte, bis sie ihre Hautfarbe wieder zurückgewann.
Sie rubbelte sie trocken, half ihr in frische Wäsche, gab ihr zwei Beruhigungstabletten und brachte sie zu Bett.

Sie fiel in einen tiefen, friedlichen Schlummer, dem Schlaf der Toten ähnlich.
Linger packte aus den Schubladen und Schrankfächern die Habseligkeiten des Mannes zusammen, verstaute sie in einem Koffer und schloß ihn ab. Sie war nahe daran, den Koffer oder zumindest den Schlüssel ins Meer zu werfen, aber sie besann sich auf eine Lehre aus ihrer Kindheit, die sich ihr heute aufs neue eingeprägt hatte: Die See hielt sich rein, sie verweigerte alles Fremde.
Sie ergriff einen Stuhl und setzte sich ans Fenster. Durch bleierne Augenlider starrte sie auf das zornige und weise Meer.
Und in dieser Zwischenwelt der müden, überklaren Gedanken erkannte sie, daß sie noch eine Stufe der menschlichen Erfahrung erklommen hatte. Sie würde mit Zuo Wei zusammenarbeiten können. Nicht aus Liebe oder Haßliebe, auch nicht aus Mitleid für Beihe. Diese Kraft kam aus einer ganz anderen Liebe, die weiter und großherziger, gesellschaftlich bedeutungsvoller und in die Zukunft gerichtet war.
Sie seufzte entspannt, legte beide Hände auf das Fensterbrett und sog die Seeluft ein. Sie mußte warten, ausharren, bis die junge Frau aufwachte. Sie würde ihr erzählen, daß vieles unsere Liebe verdient. Sie würde ihr auch erzählen, daß sie glücklich war, einmal schon die Erwiderung ihrer Liebe gefunden zu haben. Ihre Liebe hatte Antwort gefunden, und ein Tag einer solchen erfüllten Liebe kann für ein Leben reichen. Es gab so viele, die sich nicht an einem solchen Feuer wärmen konnten.